एहसास

मेहरा ख़ानदान श्रृंखला - बुक #१

रुचि सिंह

INDIA · SINGAPORE · MALAYSIA

एहसास

मेहरा ख़ानदान #१
रूचि सिंह द्वारा प्रकाशित
कॉपीराइट © रूचि सिंह २०२२

बुक लिस्ट

हिंदी

एहसास - मेहरा ख़ानदान # १

काली नज़र - मेहरा ख़ानदान # २

लफ़ंगा - मेहरा ख़ानदान # ३ (जल्द ही ऐमज़ॉन पर)

टेक २ - नज़रों का खेल

English
Novels
Romantic Suspense

The Bodyguard - Undercover Series # 1

Guardian Angel - Undercover Series # 2

Romance

Jugnu - The Firefly

Take 2 - Small Town Girl #1

My Love, A Liar - Small Town Girl #2

Short Stories

Women From Mars : Series Shorts

Temptation

Spark

Hearts & Hots - Series Shorts

Head Over Heels

You and Only You

Silent Love

A Promise is a Promise

Whole Nine Yards

ना चाहते हुए भी सिद्धार्थ ने अपनी डेस्क की सबसे नीचे वाली ड्रॉर खोल ही ली।

ड्रॉर की ऊपरी सतह पर चिपके हुए एन्वेलप को महसूस करते ही उसकी उँगलियाँ थम सी गयीं। क्या उसे यह हक था? कल उसने अपनी सालों पुरानी क़सम तोड़ दी थी। कल शाम उसने अपनी ज़िंदगी में किसी और को शामिल करने की हामीं भर दी थी। सच में अब उसे ये सब नहीं सोचना चाहिए।

और माँ की माने तो उसे अपना पास्ट भूलाकर फ़्यूचर के बारे में सोचना चाहिए, वग़ैरह, वग़ैरह।

वैसे माँ सही ही कह रहीं थीं, क्योंकि अब उसकी ज़िंदगी के साथ एक और ज़िंदगी जुड़ जाएगी। उस दूसरी ज़िंदगी की खुशियों की ज़िम्मेदारी भी सिद्धार्थ के हाथ में ही होगी। यह सब प्रैक्टिकल बातें थीं, जो उसका सुलझा हुआ दिमाग समझ रहा था, लेकिन उसका दिल कह रहा था–एक बार, बस एक आख़िरी बार।

अंगूठे और उँगली को फ़साते हुए उसने फ़ोटो बाहर खींच ही ली। राधिका का हँसता मुस्कुराता चेहरा उसके दिल को एक बार फिर चीर गया। राधिका के ऐक्सिडेंट के छह महीने बाद भी सिद्धार्थ की बदहवास हालत देखकर, माँ ने राधिका की सारी फ़ोटो और गिफ़्ट्स उसके पास से ले ली थीं। ये ही नहीं उन्होंने उसकी सारी डिजिटल फ़ोटोज़ और विडीओज़ भी डिलीट कर दी थी, सिर्फ़ एक यही फ़ोटो वो उनसे छिपा पाया था।

उसके घने लहराते बाल गालों को चूम रहे थे। कितने ही बार, सिद्धार्थ ने उसके बालों को चेहरे से हटाकर उसे किस किया था। पर अब नहीं कर पाएगा। अब वो उसके धड़कते दिल को कभी महसूस नहीं कर सकता। वो इस दुनिया में नहीं थी। सिद्धार्थ जानता था और समझता भी था, लेकिन उसका दिल था कि मानता ही नहीं था। उसका दिल उसे भूलने को तैयार नहीं था।

कमरे के बाहर हील्ज़ की टिक-टॉक सुनते ही उसने फ़ोटो एन्वेलप में खिसकाकर ड्रॉर बंद कर दी। नैना के कदमों की आहट वो अच्छे से पहचानता था। एक लम्बी साँस लेकर वो लैप्टॉप की तरफ़ देखने लगा, मानो कि बहुत काम हो, लेकिन दरवाज़ा नहीं खुला।

नैना इतनी देर क्यों लगा रही है अंदर आने में? पक्का कुछ बचकाना सरप्राइज़ प्लान करके आयी होगी। मन ही मन सिद्धार्थ ख़ुद को बोर होने के लिए तैयार करने लगा।

सिद्धार्थ के अंदाज़े के अनुसार अगले ही पल दरवाज़ा झटके से खुला और एक छोटी सी चीज़ मिसाईल की तरह सिद्धार्थ के सीने से टकराकर गोद में जा गिरी। उसने नीचे देखा तो उसकी ख़ानदानी हीरे की अँगूठी मानो उसे आँख मार रही हो। गोद से रिंग उठाकर नैना की तरफ़ प्रश्न भरी निगाहों से देखा और देखता ही रह गया। घुटनों से चार इंच ऊँची स्लीव्लेस रेड ड्रेस, जिसमें हल्का सा कलीवेज भी दिख रहा था, आँखों में काला, मोटा आईलाईनर, और तीन इंच की पेन्सल हील पहने वो किसी वैम्प से कम नहीं लग रही थी।

"नैना, यह क्या पहना हुआ है? कपड़ा कम पड़ गया क्या? हुकर लग रही हो।"

"तुमने हाँ क्यों की! तुमने झूठ क्यों बोला?" नैना ने उसके कॉमेंट को इग्नोर करते हुए कहा।

"कौन सा झूठ?"

"यही, कि तुम मुझ से शादी करने के लिए तैयार हो!"

"यह झूठ नहीं है।"

"सिद्धार्थ प्लीज़, ड्रामे मत करो। माँ मुझे अँगूठी पसंद करने को बोल रही हैं! तुम जानते हो कि मुझे विकास पसंद है और तुम... और तुम..."

"और मैं क्या?"

"और तुम उसे कभी भुला नहीं सकते।" नैना ने वो सच बोल ही दिया जो सबकी आखों में दिखता था लेकिन कहने से डरते थे।

"ऐसा नहीं है, नैना।" उसने डेस्क पर पड़ा पेन उठाकर फ़ाइल अपनी तरफ़ खिसकाई। वो राधिका के बारे में कोई बात नहीं करना चाहता था। ज़ख़्म अभी-अभी भरा था, लेकिन हरा था।

सिद्धार्थ और नैना के पेरेंट्स पड़ोसी ही नहीं बल्कि अच्छे दोस्त और बिज़्नेस पार्टनर भी थे। जब बिज़्नेस बढ़ने लगा तो, नैना की मम्मी, सपना ऑन्टी भी ऑफ़िस जाने लगी थीं, जबकि सिद्धार्थ की माँ, गीता, होममेकर थी। एक तरीक़े से उसकी माँ ने ही नैना को भी पाला था। होमवर्क में मदद से लेकर, दोस्तों से लड़ाईयाँ, सब कुछ सिद्धार्थ और उसकी माँ को पता थी।

हमेशा से ही उनके परिवार दोस्ती को रिश्ते में बदलना चाहते थे। एक यह भी कारण था कि नैना को बिज़्नेस में कोई इंट्रेस्ट नहीं था, जबकि सिद्धार्थ ने MBA करने के बाद से ही कम्पनी में मार्केटिंग डिपार्टमेंट संभाल लिया था। सब सोचते थे कि दोनो अगर शादी कर लें तो घर की बात हो जाती।

शुरू में तो सिद्धार्थ ने मना कर दिया, क्योंकि उसकी ज़िंदगी में राधिका थी, लेकिन ऐक्सिडेंट के एक साल बाद सबने फिर प्रेशर डालना शुरू कर दिया। कल रात माँ के आँसुओं की वजह से उसने हामी भर दी थी।

"मैं अगर तुम्हारे रूम में ढूँढू, तो अभी भी उसकी तस्वीर कहीं ज़रूर मिल जाएगी।" नैना आज पूरा लड़ने के मूड में थी।

"नहीं है।" नैना की चुनौती भरी नज़र मिलाते हुए सिद्धार्थ ने झूठ बोल दिया। उसे पता था कि अगर वो कॉन्फ़िडेंट दिखा तो नैना कुछ और पूछने की हिम्मत नहीं करेगी। वो उससे पाँच साल छोटी थी और थोड़ा डरती भी थी।

नैना ने हाथ झटकते हुए कहा, "सिद्धार्थ प्लीज़, मैं विकास को पसंद करती हूँ। यह बात तुम्हें क्यों नहीं समझ आ रही?"

"तुम विकास को पसंद करती हो लेकिन वो तुम्हारी जायदाद को पसंद करता है। उससे भी ज़्यादा बड़ी बात है कि वो तुम्हारे लायक नहीं है। उसका IQ कम है। कोई कम्पैरिज़न ही नहीं है।"

"यह सही नहीं है। तुमने उसके बारे में ग़लत इम्प्रेशन बना लिया है और फ़ैमिली में सब तुम्हारी ही सुनते हैं। और... और–" वो होंठ काटते हुए इधर-उधर देखने लगी।

"और क्या?"

"और हम एक दूसरे को उस तरह से देखते भी नहीं!" नैना क़रीब-क़रीब रुआसी होते हुए कहा।

"किस तरीक़े से?" उसने दिमाग के घोड़े दौड़ाए, लेकिन कुछ पल्ले नहीं पड़ा।

जवाब में वो उसे घूरती रही, तब जाकर उसकी समझ में आया। "ओह! अच्छा! किसने कहा? मैं तो तुम्हें उसी तरीक़े से देखता हूँ," उसने मुस्कुराते हुए कहा, "बिलकुल उन्हीं नज़रों से।"

"देखा, बस मज़ाक बना लो मेरी हर बात का!"

"अच्छा इधर आओ," सिद्धार्थ ने डेस्क के पीछे से निकलते हुए कहा।

नैना मुँह बनाते हुए उसके सामने आकर खड़ी हो गयी। "क्या है?"

उसने नैना के हाथों को अपने हाथों में लिया और बोला, "किसी भी रिलेशनशिप में सबसे ज़्यादा ज़रूरी होता है, कॉमन वैल्यूस। दो लोगों का बैकग्राउंड और ऐम अगर एक होता है तो वो रिलेशनशिप अच्छी चलती है। हमारे पेरेंट्स को देखो, कितने ख़ुश हैं। रोमैन्स कुछ महीनों में उड़नछू हो जाता है, फिर बैकग्राउंड और वैल्यूज़ ही काम आती हैं।"

"ये तुम कह रहे हो? राधिका के साथ भी ऐसा ही था क्या?"

सिद्धार्थ का राधिका के बारे में बात करने का मन तो नहीं था, लेकिन अब जो वो नैना से शादी कर रहा था, राधिका को उन दोनो के बीच से निकालना ज़रूरी हो गया था। शायद यही सही वक़्त

था। "मैं उसे बहुत सालों से जानता था, नैना। हमने एक ही साथ पढ़ाई की थी, हमारे परिवार एक जैसे ही थे ... हैं।" एक लम्बी साँस लेकर वो फिर बोला, "ख़ैर, इतने सालों में हमारे ऊपर से रोमैन्स का चश्मा उतर चुका था।"

"और मेरे ऊपर चढ़ा हुआ है?" नैना दाँत भींच कर बोली।

"हर बात का उलटा मतलब मत लो। हम एक दूसरे को लाइक करते हैं और अगर तुम मुझे टाइम दोगी तो तुम्हें भी ये फ़ैसला सही लगने लगेगा।" सिद्धार्थ ने उसका चेहरा अपने हाथों में ले लिया। "ट्रस्ट मी, नैना।" उसकी आँखों में झाँकते हुए उसने धीरे से अपने होंठ उसके गाल पर रख दिए, बिलकुल होठों के पास।

नैना को जैसे करेंट सा लग गया हो। सिर झटकते हुए उसने सिद्धार्थ को पीछे धकेला। "ज़्यादा नाटक मत करो, सिद्धार्थ! ये सब तुम मुझे विकास से दूर रखने के लिए कर रहे हो ना?"

सिद्धार्थ ने एक लम्बी साँस ली। "चलो, लेटस मेक अ डील। तुम कितने समय से विकास को जानती हो?"

"एक साल से।"

"तुम मुझे तीन महीने दो, मैं साबित कर दूँगा की तुम सिर्फ़ इन्फ़ैचूएटेड हो, और कुछ नहीं।"

"और अगर मैं ना मानूं तो?"

"तो विकास को हमेशा के लिए भूल जाओ।" वो चाहता तो नहीं था, लेकिन उसने अल्टिमेटम दे ही दिया, और वापस अपनी टेबल की तरफ़ मुड़ गया। "तुम मुझे अच्छे से जानती हो, नैना, मैं कभी अपनी बात से पीछे नहीं हटता।"

"बस तीन महीने?" नैना ने आँखें सिकोड़कर उसकी तरफ़ देखा।

"हाँ।"

"फिर तुम विकास और मेरी शादी के लिए हाँ कर दोगे?"

"तीन महीनों के आख़िर में अगर तुम्हें लगता है हम कम्पैटिबल नहीं हैं, तो मैं ख़ुद तुम्हारे और विकास के लिए मॉम, डैड से बात करूँगा। ठीक है?"

"और वो जो मेरे पैसों के पीछे पड़ा है उसका क्या?"

"उसका मैं पक्का इंतज़ाम कर दूँगा। वो तुम्हारे पैसे छू ही नहीं पाएगा।"

"और इन तीन महीनों में क्या होगा?"

"तुम जान लोगी कि हमारे बीच में सिर्फ़ दोस्ती ही नहीं उससे भी कहीं ज़्यादा है। बहुत ज़्यादा।" वो मुस्कुराते हुए एक कदम फिर आगे आ गया। नैना इस बार पीछे नहीं हटी।

"देखेंगे।" नैना ने सिर उठाकर चैलेंज ऐक्सेप्ट कर लिया।

ज़रा कन्फ़्यूज़्ड लग रही थी, लेकिन उसका कॉन्फ़िडेन्स सिद्धार्थ को अच्छा लगा। "और हाँ, इन तीन महीनों में तुम विकास से ना मिलो तो अच्छा है। मुझे भी फेअर चान्स मिलना चाहिए।" सिद्धार्थ ने ऊँगली से उसके चेहरे को उठाते हुए कहा, "डील?"

"डील।" नैना ने सिर तो हिला दिया, पर संदेह भरी नज़रों से उसको घूरते हुए चली गयी।

सिद्धार्थ को पता था कि वो नैना को मनिप्युलेट कर रहा था। लेकिन यह ज़रूरी था। वो विकास को नैना के साथ देख चुका था, और उसका बैक्ग्राउंड चेक भी करा लिया था। विकास के पेरेंट्स खानदानी रईस तो थे, लेकिन उसके फ़ादर ने सिर्फ़ पैसे उड़ाए, कमाए कुछ भी नहीं, और अब बेटा भी उन्ही के पदचिंहों पर चल रहा था। विकास की सारी लाइफ़्स्टायल उधारी पर थी। नैना को लोगों को पहचानने की समझ नहीं थी। वो एक बार पहले भी धोखा खा चुकी थी, और तब सिद्धार्थ ने ही उसे सम्भाला था।

उन दोनों की शादी सभी के लिए ही एक ठीक फ़ैसला था।

"यह नैना कहाँ भाग गयी? मैंने बुलाया तो भी नहीं रुकी!" माँ कमरे में आते हुए बोली।

"माँ, आप एक चीज़ सोच लेती हैं, तो उसके पीछे ही पड़ जातीं हैं," सिद्धार्थ ने डेस्क के पीछे बैठते हुए कहा।

"अब मैंने क्या किया।" उन्होंने प्रेस करे हुए कपड़े उसके बेड पर रख दिए। नौकरों के होते हुए भी वो बच्चों के छोटे -छोटे काम ख़ुद ही किया करतीं थीं।

"उससे एंगेज्मेंट और अँगूठी की बात क्यों करी अभी? हमने डिसाइड किया था ना कि धीरे-धीरे बात आगे बढ़ाएँगे। रश करने से वो अप्सेट हो रही है।"

"यह सब उस विकास की वजह से है।"

"आपको पता है विकास के बारे में?"

"नैना ने तो नहीं बताया, लेकिन मैं जानती हूँ।"

"हम सब की कोई ऐसी बात है जो आप नहीं जानतीं?"

माँ मुस्कुराकर कमरे से बाहर चली गयी।

धड़कती साँसों पर क़ाबू रखते हुए नैना अपने रूम में पहुँची और दरवाज़ा बंद कर, बेड पर पसर गई। आज सिद्धार्थ को क्या हो गया था? अपने चेहरे पर उसकी ऊँगली और होठों का स्पर्श अभी भी महसूस कर रही थी। वैसे सिद्धार्थ ने कुछ ग़लत नहीं किया था। उन दोनो की शादी की बात तो बचपन से हो रही थी, शायद जबसे वो पैदा हुई थी।

सही माने तो जब वो छोटी थी, वो भी सिद्धार्थ को अपना बॉयफ्रेंड ही समझती थी। नैना के होमवर्क से लेकर, स्कूल के बुलीज़ तक को सिद्धार्थ ही संभालता था, लेकिन सब थोड़ा बदल गया जब वो आठ साल की थी और सिद्धार्थ बोर्डिंग स्कूल चला गया। क्लास और स्कूल बोर्डस में अंतर होने से उनकी स्कूल की छूटियाँ भी मैच नहीं करती थी। वो सिद्धार्थ के छोटे जुड़वा भाई-बहन, समर्थ और संजना से ज़्यादा क्लोज़ हो गयी थी।

लेकिन जब सिद्धार्थ अमेरिका से पढ़ाई पूरी करके अपने पापा के साथ बिज़्नेस संभालने लगा तो सब फिर से शुरू हो गए। नैना को बहुत चिढ़ होती थी क्योंकि वो विकास को, जो उसके साथ कॉलेज में था, पसंद करती थी। सिद्धार्थ से जब भी वो शादी की बात लेकर चिढ़ती थी, वो मुसकुरा देता और कहता, "इग्नोर करो।"

उन दिनों राधिका उसकी ज़िंदगी में थी। राधिका के बारे में पता लगने के बाद सब फ़ैमिली मेम्बर्स भी चुप हो गए थे।

सब कुछ ठीक चल रहा था, कि राधिका की ऐक्सिडेंट की ख़बर आ गयी।

ऐक्सिडेंट के कुछ महीनों के बाद फिर से सब उनके पीछे पड़ गए। नैना को बिलकुल यक़ीन था, कि सिद्धार्थ मना कर देगा, लेकिन उसके पैरों के नीचे से ज़मीन तब खिसकी जब कल रात डिनर पर सिद्धार्थ ने भी हाँ कर दी। डाइनिंग टेबल पर सबके सामने हल्के से मुसकुरा दिया था वो। ग़द्दार!

बस, फिर क्या था, माँ की तो खुशी का ठिकाना ही नहीं था! उसी वक़्त नैना को अपने गले की चेन पहना दी और आज अँगूठी भी दे दी। माँ की खुशी देखकर नैना कुछ भी नहीं बोल पायी। माँ उसके लिए उसकी मॉम जैसी ही थीं। नैना की मॉम को ऑफ़िस के काम की वजह से वक़्त कम ही मिलता था, तो माँ ने ही बचपन से उसके आँसू पोंछे, और सारी ख़ुशियों में शामिल हुईं।

अब एक ही रास्ता बचा था कि सिद्धार्थ मना कर दे। उसकी बात कोई भी नहीं टलता था।

इसी वजह से वो सिद्धार्थ के पास गयी थी। लेकिन नहीं! वो तो नैना के साथ ही फ़्लर्ट करने लगा! पता नहीं क्या हो गया, उसका मूड कुछ अलग सा लगा। नैना ने फिर से अपने गाल छुए। सिद्धार्थ की डीओ की ख़ुशबू वो अभी भी महसूस कर रही थी। उसे ख़ुद को भी पता नहीं क्या हो गया था!

अचानक जब उसका फोन बजा, तब वो इस उधेड़बुन से बाहर निकल पाई।

फ़ोन की स्क्रीन पर विकास का नाम देखते ही उसके सारे डाउट्स उड़नछू हो गए, लेकिन अगले ही पल उसे सिद्धार्थ से किया हुआ वादा याद आ गया। क्या रूल्स थे उनके डील के? सिद्धार्थ ने मिलने से मना किया था, बात करने से तो नहीं।

"है, हाउ आर यू?" नैना ने फ़ोन उठाकर पूछा।

"है बेबी, कल क्लब में मिलें?"

विकास के सवाल ने नैना को सोच में डाल दिया। कल मिलें कि नहीं! सिद्धार्थ का टाइम कब से शुरू हो रहा था? यह तो पूछा ही नहीं। आज रात सब तय कर लेगी, अभी मिलना टाल देना ही

ठीक है। "मैं बिज़ी हूँ। शोरूम के लिए आर्किटेक्ट्स के साथ मीटिंग है।" नैना ने बहाना बनाया।

"कम ऑन, नैना, हम तुम इतने रिच हैं, हमें काम करने की क्या ज़रूरत?"

"माँ कहती हैं कि सबको कुछ कंस्ट्रक्टिव काम करना चाहिए, दिमाग ठीक रहता है। हर वक़्त मौज-मस्ती ख़ाली डेविल्स करते हैं।"

"ओह् प्लीज़, लेक्चर नहीं। वीकेंड पर क्या करना है?"

"सोच कर बताती हूँ," नैना ने कहा फिर कुछ देर और बात करके फ़ोन डिस्कनेक्ट कर दिया। कैसे वो विकास को इतने दिन दूर रखेगी? क्या बहाना बनाएगी? उसे सिद्धार्थ की हर बात बिना सोचे मानने की आदत क्यों थी? वो अपने आप को ही कोसने लगी। शर्त अगले वीकेंड से शुरू करने को बोलेगी, लेकिन इतने दिन क्यों वेस्ट करना? जितनी जल्दी तीन महीने ख़त्म हों उतना अच्छा।

ऐसे ही सब उलझनों को सुलझाते सुलझाते, कब उसको नींद आ गयी पता ही नहीं चला।

फ़ोन की घंटी फिर बजी तो उसकी नींद खुली।

"नैना, कहाँ पहुँची?" उसकी दोस्त मोनिका का फ़ोन था।

"क्या?" वो आँखें मलते हुए बोली।

"हम सब पहुँच गए हैं, कहाँ हो तुम? तुम आओगी तभी केक कटेगा।"

"ओह, बस दस मिनट में पहुँच रही हूँ।" नैना ने झूठ बोलते हुए बिस्तर छोड़ा और बाथरूम की तरफ़ भागी। अपनी BFF की बर्थडे पार्टी कैसे भूल गयी वो। सिद्धार्थ की चाल ढाल ने उसको घुमा के रख दिया था। थैंक गॉड, वो तैयार तो पहले से ही थी, बस मेकप रिफ़्रेश करना था।

पर्स का सामान चेक कर रही थी, कि सिद्धार्थ का फ़ोन आ गया। अब क्या हुआ?

"आज डिनर पर चलें?"

"मैं तो श्रेया के बर्थडे में जा रही हूँ।"

“क्या मैं भी चल सकता हूँ?”

“क्या!” नैना को विश्वास ही नहीं हुआ। सिद्धार्थ को तो उसकी सारे फ्रेंड्ज़ बचकाने और बेवकूफ़ लगते थे। “तुम चलोगे? सच में?”

“यस, ऑफ़ कोर्स। मेरे तीन महीने आज से शुरू हैं ना? टाइम वेस्ट करने से क्या फ़ायदा?”

“ओके।” नैना ने हाँ कर दी क्योंकि विकास ने श्रेया के बर्थडे के लिए पहले ही मना कर दिया था।

“मैं कार निकालूँ?”

“ठीक है।”

~ २ ~

सिद्धार्थ अपने जूतों के फ़ीते बाँध रहा था, कि माँ कमरे के अंदर आते हुए कुछ बोलते-बोलते रुक गयी।

"कहाँ जाने की तैयारी है?" माँ ने पूछा।

"नैना के साथ उसकी दोस्त की बर्थडे पार्टी पर।"

"ओह, सच में!"

"और कोई चारा है क्या?" सिद्धार्थ ने पफ़र्यूम छिड़कते हुए पूछा।

"सिद्धार्थ!"

"सॉरी।" उसे पता था कि माँ सही थी, लेकिन फिर भी... शायद सिर्फ़ माँ से ही इमोशनल पंगा ले सकते हैं।

"तुम दोनो की सगाई की डेट सेट कर लेनी चाहिए।"

इस बार तो माँ बिलकुल अड़ ही गयीं थीं। उन्हें डर था कि शायद वो फिर से डिप्रेशन में ना चला जाए।

"नैना से इस बात का ज़िक्र ज़रूर करना। बहुत काम होता है, समय तो लगेगा सब अरेंज करने में।"

"जी..." सिद्धार्थ ने चाभियों के गुच्छे से एक उठा लिया।

"ऑडी ले जाओ, SUV नैना को अच्छी लगती है।" माँ हल्के से मुस्कुरा दी।

"उसे थोड़ा समझाओ कि कैसे ड्रेस करते हैं माँ, वो अब बच्ची नहीं है। कितने छोटे कपड़े!" उसने चाभी का गुच्छा बदला।

"कभी-कभी तो ऐसे कपड़े पहनती है, जब पार्टी में जाती है। और वैसे भी आजकल सब ऐसे ही पहनते हैं," माँ ने उसका कॉलर

ठीक करते हुए कहा, "बस थोड़े साल की बात और है, जैसे जैसे हम बड़े होते हैं टेस्ट चेंज हो जाते हैं। किसी को भी ज़्यादा टोकना अच्छा नहीं।"

"कहाँ की तैयारी है, भाई मेरे?" समर्थ ने कमरे में घुसते हुए पूछा और उसके बिस्तर पर पसर गया।

"सिद्धार्थ और नैना पार्टी में जा रहे हैं," माँ ने सोफ़े पर बैठते हुए कहा।

सिद्धार्थ ने एक लम्बी साँस ली, सबको उसके रूम में ही डेरा ज़माना था शायद।

समर्थ ने गला खँखारा। "तुम नहीं सम्भाल पाओगे उसे, भाई। मना कर दो। आख़िर हमने बिगाड़ा है उसको।"

"समर्थ!" माँ ने मुस्कुराते हुए समर्थ को आँखें दिखाई।

"देखेंगे, बच्चू।" सिद्धार्थ ने गीली टावल समर्थ के ऊपर फेंकी, वॉल-टू-वॉल ऐल्मीरा के शीशे में अपना हुलिया आख़िरी बार चेक किया, और कमरे से बाहर चला गया।

"आपको लगता है नैना भाई को भाव देगी?" समर्थ ने टावल हैम्पर में डालते हुए कहा।

"बचपन में तो बहुत देती थी, अब पता नहीं। चलो पापा डिनर पर आते ही होंगे," माँ ने उठते हुए कहा।

जब से दोनों की शादी की बात हुई थी, समर्थ मन ही मन बहुत ख़ुश था, लेकिन साथ साथ एक अनचाहा सा डाउट भी मन को घेरे हुए था।

समर्थ और संजना नैना से एक साल छोटे थे, पर बहुत क्लोज़ थे। दोनो ही चाहते थे कि नैना उनके परिवार में आए। लेकिन भाई का राधिका के लिए दीवानापन इतनी जल्दी ठीक होने वाला नहीं था। भाई अपने एमोशंस छुपाने में उस्ताद था, और अगर उसने कोई प्रोजेक्ट ले लिया तो वो उसे पूरा कर के ही मानता था। उसके उलट नैना बहुत ही एमोशनल और रोमांटिक थी।

शादी के टॉपिक पर भाई के अचानक यू-टर्न ने समर्थ के मन में शक पैदा कर दिया था। कहीं नैना भाई लिए एक प्रोजेक्ट तो नहीं बन गयी थी? अगर ऐसा हुआ और नैना को पता चल गया

तो उसका दिल ज़रूर टूटेगा। और वो दोनों को ही खुश देखना चाहता था।

"समर्थ!" माँ ने फिर से पुकारा।

अपनी कशमकश से जूझता हुआ समर्थ डाइनिंग रूम की तरफ़ चल दिया।

फ़ाइव स्टार होटल के बैंक्वेट हॉल में पार्टी पूरे ज़ोरों पर थी। केक कट चुका था और सब डाँस करने के मूड में आ चुके थे। नैना के लिए सब कुछ एक सपने की तरह चल रहा था। सिद्धार्थ जैसे उसके लिए एक अजनबी हो गया था। कभी सपने में भी नहीं सोचा था कि वो नैना के दोस्तों में ऐसा घुलमिल जाएगा।

"कहाँ छुपा के रखा था?" प्रिया ने उसकी प्लेट से दही-कबाब उठाते हुए पूछा, "क्या ये वो ही सिद्धार्थ है, गीता माँ का बड़ा बेटा?"

"हाँ।"

प्रिया ने एक लम्बी साँस ली, "कितना हैंडसम! मेरी इंटरो करवा ना, नैना, प्लीज़।"

सिद्धार्थ और हैंडसम? उसे तो कभी ऐसा नहीं लगा! पार्टी हाल के दूसरी ओर नैना ने कनखियों से सिद्धार्थ की तरफ़ देखा। अपने ट्राउज़र्ज़ की पॉकेट में एक हाथ डाले और एक हाथ में बीयर कैन लिए, वो मोनिका के साथ ऐसे बात कर रहा था कि जैसे वो नैना की नहीं उसकी दोस्त हो, और मोनिका भी ऐसे फ़मिल्यर हो रही थी कि क्या ही बताएँ! कैसे सिद्धार्थ को इम्प्रेस करने में लगी हुयी थी! ना जाने क्यों नैना को गुस्सा आने लगा। और फिर देखते ही देखते हद ही हो गयी, मोनिका ने हँसते हुए धीरे से अपना हाथ सिद्धार्थ की बाँह पर रख दिया।

"मुझे इंट्रोड्यूस कराओ नहीं तो मोनिका उसे खा जाएगी," प्रिया पैर पटकते हुए बोली।

नैना का गुस्सा एक सेकंड में हँसी में बदल गया। सिद्धार्थ को भी भला कोई खा सकता है? सब तो उससे ही डरते थे, नैना की

मॉम भी। ऐसा लग रहा था कि जैसे पार्टी में सारी लड़कियों को चढ़ी हुई थी।

"ठीक है रहने दो, मैं ही जाती हूँ।" प्रिया ख़ुद ही सिद्धार्थ की तरफ़ चल पड़ी।

हाथ में मोहितो का ग्लास लिये, नैना ने सिद्धार्थ की तरफ़ फिर से देखा। क्या दिख रहा था उसकी सहेलियों को, जो उसे नहीं दिख रहा? बाक़ी लोगों से थोड़ा लम्बा था, तो अलग से दिख रहा था। काले ईव्निंग कोट और हल्के ब्लू कलर की शर्ट, जो गले पर खुली थी, पहने वो काफ़ी स्मार्ट लग रहा था, लेकिन वो तो हमेशा ही स्मार्ट लगता था। माँ कहती थी कि घर में सबसे अच्छी ड्रेस सेन्स सिद्धार्थ और नैना की थी। बाल कुछ ज़्यादा ही बड़े हो गए थे, कॉलर को छू रहे थे। कटवाने के लिए बोलना पड़ेगा, उसने मन ही मन नोट किया।

अचानक सिद्धार्थ ने सिर उठाकर नैना की तरफ़ देखा और अपना कैन उठा कर चीयर्स कर दिया। उन दोनो की नज़रें मिली फिर सब ठहर सा गया। वो नज़र हटा नहीं पाई और सिद्धार्थ ने एक अच्छी सी स्माइल मार दी, कुछ एक सेकंड ज़्यादा ही! नैना को लगा जैसे कि पार्टी में सबकी निगाहें उसके ऊपर आकर टिक गयीं हों। वो मुस्कुरा तो दी, लेकिन एक अजीब सी सिहरन उसके सिर से पाँव तक दौड़ गयी। ये क्या हुआ था?

अब लड़कियाँ उसका पीछा नहीं छोड़ेंगी। विकास को पक्का पता लग जाएगा!

सिद्धार्थ की शर्त बिना विकास से डिसकस किए उसे नहीं माननी चाहिए थी। क्यों उसने सिद्धार्थ को पार्टी में लाने के लिए हाँ की? पता नहीं विकास क्या सोचेगा? गुस्सा तो होगा ही! विकास के साथ नाइंसाफ़ी हो रही थी, यह बात उसे मन ही मन कचोटने लगी।

"बहुत चुप हो, क्या हुआ?" सिद्धार्थ ने थोड़ी देर बाद पूछा।
"कुछ नहीं।"
"चलें क्या?"

नैना ने हाँ कर दी। वैसे भी पार्टी में कोई मजा नहीं बचा था। श्रेया अपने बॉयफ्रेंड के साथ डान्स कर रही थी। शायद अब वो दोनो भी अकेले रहना चाहते थे।

"क्या प्रॉब्लम है?" सिद्धार्थ ने कार में चुप्पी तोड़ी।

"विकास को मैं क्या बोलूँ, उसे हर्ट करने से क्या मिलेगा?"

"उसे बता दो।"

"हँह...?" नैना ने चौंककर सिद्धार्थ की तरफ़ देखा।

"उसे बता दो मेरी शर्त के बारे में।"

"सच में!"

"हाँ, उससे कह दो कि तीन महीने का टेस्ट है तुम दोनो का। तीन महीने अलग रहना है। उसके बाद भी अगर तुम उसे चाहती हो तो बात पक्की।"

"सच में?" नैना तोते की तरह फिर से बोली।

"ऑफ़ कोर्स।"

उसकी प्रॉब्लम का इतना आसान सल्यूशन होगा नैना ने सोचा भी नहीं था। उसने सिद्धार्थ की तरफ़ कनखियों से फिर देखा। 'कहीं इसमें कोई कैच तो नहीं?'

"आय एम सीरीयस, यार," वो मुस्कुराते हुए बोला। "पक्का प्रॉमिस भी करना है क्या?" उसने उनके बचपन की याद दिला दी, और दोनो हंस पड़े।

"मरीन ड्राइव चलें क्या? अभी तो बारह ही बजे हैं," सिद्धार्थ ने बात चेंज करते हुए पूछा।

"हम्म... ... ठीक है।"

सिद्धार्थ ने गाड़ी मरीन ड्राइव की पार्किंग में लगाई, और वो दोनो पाथ पर टहलने लगे। समुद्र की नमकीन, ठंडी हवा ने सारी थकान ग़ायब कर दी थी। हवा में हल्की-हल्की नमी भी थी। नैना ने जब दूसरी बार अपनी बाहों को सहलाया तो सिद्धार्थ ने अपनी जैकेट उतार के उसके कंधों पर डाल दी।

"नहीं चाहिए, मैं ठीक हूँ," नैना ने कहा।

"लोग घूर रहे हैं।"

"मुझे या तुम्हें?"

"मुझे क्यों?"

"सोच रहे होंगे कैसा आदमी है? हुकर के साथ घूम रहा है," नैना ने मुस्कुराते हुए कहा।

सिद्धार्थ हँस दिया। "वो तो है।"

नैना ने उसके बाँह पर हल्की सी थपकी लगा दी।

"आइसक्रीम खाओगी?"

"तुम एक ही दिन में मुझे पूरा इम्प्रेस करना चाहते हो?"

"हो रही हो क्या?"

"सिद्धार्थ, कम ऑन। बी सीरीयस?"

"तुम मेरी चाइल्डहुड स्वीट्हार्ट हो, और मैं तुमसे शादी करना चाहता हूँ, इम्प्रेस करना तो बनता है।"

"मज़ाक मत करो, प्लीज़, और मैं वहाँ तक नहीं जाऊँगी।" आइसक्रीम कीयोस्क बहुत दूर दिख रहा था।

"तुम बैठो, मैं लेकर आता हूँ।"

सिद्धार्थ की जैकेट के छोर पकड़कर नैना वहीं समुद्र के किनारे रेलिंग पर बैठ गयी। बहुत अच्छी पफ़र्यूम थी सिद्धार्थ की। क्या वो सचमुच उसकी चाइल्डहुड स्वीट्हार्ट थी? आजकल सिद्धार्थ के साथ कुछ भी कहना बहुत मुश्किल था। एक लम्बी सी साँस लेकर उसने आस पास के नज़ारे का जाएजा लिया। ज़्यादा लोग नहीं थे उस रात, शायद वीकडे था इसीलिए।

आइसक्रीम का ऑर्डर देकर, सिद्धार्थ ने नैना की तरफ़ देखा। उसके बड़े से कोट में भी वो एलिगेंट लग रही थी, लेकिन सिद्धार्थ को हमेशा वो छोटी ही लगती थी। एक बच्ची, जो कभी भी कोई भी प्रॉब्लम होती थी, तो हमेशा दौड़कर उसी के पास आती थी। अगर नहीं भी आती तो भी उसे माँ से पता लग ही जाता था।

नैना ने सही ही कहा था। सिद्धार्थ ने कभी उसे उन नज़रों से नहीं देखा, जैसा कोई अपने लाइफ़ पार्टनर को देखता है। क्या देखता है कोई अपने पार्टनर में? राधिका का मुस्कुराता चेहरा उसके आँखों के आगे घूम गया। सिद्धार्थ ने पलकें झपकायीं तो सामने नैना को पाया।

बचपन की यादों को अलग रखकर जब उसने फिर से नैना को देखा तो उसे एक सुंदर, कॉन्फ़िडेंट, लड़की नज़र आयी। फ़ाइन आर्ट्स करके वो ख़ुद का बिज़्नेस शुरू कर रही थी। उसके सीधे, लहराते बाल कमर को छू रहे थे। कहीं कोई कमी नहीं थी। उसके लिए भी काफ़ी सालों से रिश्ते आ रहे थे। हर कोई उसको पसंद करता था, और क्यों ना करे, बहुत मासूम थी–दिल की बिलकुल साफ़।

"साहब, आइसक्रीम पिघल जाएगी," आइसक्रीम वाले ने कहा।

सिद्धार्थ ने एक लम्बी साँस ली, और अपना वॉलेट निकाला।

ऐसा नहीं था कि सिद्धार्थ ने शादी का फ़ैसला एक ही रात में ले लिया हो, और वो भी तब जब उसमें नैना की ख़ुशियाँ भी शामिल हों। ज़िंदगी का इतना बड़ा डिशिज़न उसने महीनों सोच के ही लिया था, इसीलिए उसने विकास के बारे में पूछताछ करवाई थी। जब उसे पता लगा कि उसका केरेक्टर ठीक नहीं और आजकल दोनो जब मिलते हैं तो ज़्यादातर लड़ते ही हैं, तभी उसने शादी के लिए हाँ की थी।

जो भी हो, उसने ने तो नैना को पसंद कर लिया, अब नैना को यक़ीन दिलाना होगा कि वो ही उसके लिए पर्फ़ेक्ट लाइफ़ पार्टनर है।

आइसक्रीम देखकर नैना की बाछें खिल गयीं। सिद्धार्थ उसकी फ़ेवरेट ब्लैक करेंट लाया था। उसको याद था! दोनो आराम से बैठ कर आइसक्रीम का मज़ा लेने लगे। आज बहुत दिनों के बाद वो रिलैक्स कर रही थी। कोई फ़िकर नहीं थी, कोई एक्स्पेक्टेशन नहीं। सिद्धार्थ के साथ हमेशा उसे ऐसा ही महसूस होता था।

सालों के साथ की वजह से बातें करने की कोई ज़रूरत नहीं थी, फिर भी वो उससे शादी नहीं कर सकती। उसे पता था कि सिद्धार्थ उससे वो वाला प्यार नहीं कर सकता जिसकी तमन्ना हर लड़की को होती है। उसने सिद्धार्थ को राधिका के साथ देखा था। एक अजब सा इमोशन होता था उसकी आँखों में जब भी राधिका उसके साथ होती थी, जैसे कि वो उसकी पूजा कर रहा हो।

नैना को भी एक ऐसा जीवनसाथी चाहिए था जो हमेशा उसको, सिर्फ़ उसको, अपनी ज़िंदगी में सबसे ऊपर रखे। एक ऐसा साथी जिसके दिल में उसके इलावा और कोई ना हो। ये कोई बहुत बड़ी ख़्वाईश तो नहीं थी। हर एक लड़की यही चाहती है। क्या ग़लत है इसमें? उसके नजरिए से तो नहीं।

"चलना चाहिए?" सिद्धार्थ ने कहा जब एक-दो बूँदें पड़ने लगीं, "लगता है बारिश होने वाली है।"

लौटते समय सिद्धार्थ ने उसके शोरूम के प्राग्रेस की बात छेड़ दी, और उसके बिज़्नेस के बारे में डिस्कस करते करते कब घर आ गया पता ही नहीं चला।

"अरे तुम क्यों बाहर निकल रहे हो? मेरे पास घर की चाभी है।" बारिश अपने पूरे ज़ोरों पर थी।

"डेट को घर तक छोड़ना तो बनता है, और हमारे केस में तो रूम तक छोड़ना चाहिए।"

'डेट?' उस शब्द ने नैना के दिल को अकस्मात् ही धड़का दिया। क्या वो दोनो डेट पर थे?

"ओके देन, गुड नाइट।" कमरे तक पहुँचकर नैना मुड़ी, तो देखा सिद्धार्थ उसके बिलकुल पास खड़ा था।

सिद्धार्थ ने एक स्टेप आगे लिया, तो नैना ने एक स्टेप पीछे।

"सिद्धार्थ?" वो दोनो अब कमरे के अंदर थे। "ओह, तुम्हारा जैकेट।" नैना ने जैकेट उतारकर उसकी तरफ़ बढा दिया।

"डेट पर एक किस तो बनती है।" सिद्धार्थ ने ऊँगली उसके गाल पे लगाते हुए चिन से होकर उसकी नेकलाईन में फँसाते हुए उसे अपनी ओर खिंचा।

जैकेट नैना के हाथ से फिसलकर ज़मीन पर गिर गया, और उसके हाथ सिद्धार्थ के सीने पर चले गए, लेकिन वो उसे अलग नहीं हो पाई। हाथों में जैसे जान ही नहीं थी। लॉबी से कमरे में पड़ती हुई हल्की रोशनी में सब कुछ ज़्यादा ही रूमानी लगने लगा था।

सिद्धार्थ ने हल्के से उसके चिन पर ऊँगली लगाते हुए उसका चेहरा ऊपर किया। अगले ही पल उसके होंठ नैना के होंठों पर थे। सिद्धार्थ ने उसके ऊपर कोई जादू सा कर दिया था। ऊपर से नीचे

तक उसका रग रग सिर्फ़ सिद्धार्थ को महसूस कर रहा था, और कुछ भी नहीं याद रहा। जब उसे लगा कि वो अपने पूरे होश खो बैठेगी, सिद्धार्थ ने सिर उठा लिया।

"गुड नाइट, ब्यूटिफुल," सिद्धार्थ ने हल्के से कहा, और जैकेट लेकर चला गया।

उसके जाने के बाद नैना दीवार के सहारे फ़्लोर पर खिसक गयी। ये क्या हुआ था अभी? सिद्धार्थ ने अपने होंठ उसके होंठों पर हल्के से ब्रश ही किए थे, एक या दो सेकंड ही गुज़रे होंगे शायद, और इतने में ही वो सुध-बुध खो बैठी!

सही मायने में तो नैना को उसे बिलकुल छूने ही नहीं देना चाहिए था। पर पता नहीं क्या हो गया था! सिद्धार्थ भी क्या सोच रहा होगा? अभी सुबह तो उसने विकास और अपने रिश्ते की वकालत करी थी, और शाम को कुछ याद ही नहीं रहा! अपने पिद्दी से सेल्फ़-कंट्रोल पर उसे गुस्सा आने लगा। लगता है सिद्धार्थ के साथ उसे बहुत संभलकर रहना होगा।

इस बार सिद्धार्थ ने उसको सर्प्राइज़ कर दिया था, इसीलिए ऐसा हुआ। हाँ, यही बात है। अगली बार वो बिलकुल ऑन-गार्ड रहेगी और सिचूएशन अपने कंट्रोल में रखेगी। अपने आप को समझाते हुए वो चेंजिंग रूम की तरफ़ चल दी। दोस्त सिद्धार्थ तो सेफ़ था, लेकिन फ़्लर्टिंग सिद्धार्थ बहुत ख़तरनाक लग रहा था।

"**वो** आख़िर अपने आप को समझता क्या है?" विकास काफ़ी गुस्से में था। नैना ने उसे अभी-अभी सिद्धार्थ की शर्त बताई थी। "और तुमने मान कैसे लिया? बिलकुल मना कर दो।"

"तुम बेकार का टेन्शन ले रहे हो," नैना ने कॉफ़ी टेबल पर उसका हाथ पकड़ते हुए बोला, "यही एक तरीक़ा है सबको मनाने का।"

"रहने दो।" विकास ने उसका हाथ झटक दिया।

"उफ़!" उसने इतने झटके से अपना हाथ खींचा कि नैना के हाथ में बल पड़ गया। दर्द से उसकी आँखें छलक गयी, लेकिन विकास सिर्फ़ अपने कॉफ़ी मग को ही घूरता रहा।

"तुम्हें मुझ पर ज़रा भी भरोसा नहीं है ना?" नैना को अब गुस्सा आने लगा था।

"मुझे उस पर भरोसा नहीं है।"

"सिद्धार्थ पर? ओह, कम ऑन।"

"नैना, मुझे समझ ही नहीं आता कि तुम को-एड में पढ़ कर भी ऐसी भोली कैसे हो सकती हो! बचपन की बात कुछ और है। मर्दों की निगाह अलग टाइप की होती है, उन्हें तुम लोगों की तरह रोमैन्स में दिलचस्पी नहीं होती।"

"अच्छा, तुम्हें किस चीज़ में दिलचस्पी है, बताओ तो? ज़रा मैं भी तो सुनूँ।"

"ओफ़्फ़ो, तुमसे तो बात करना ही बेकार है।" वो खड़ा हो गया, लेकिन अगले ही पल फिर बैठ गया जैसे की कुछ याद आ गया

हो, और टेबल पर कोहनी टिका कर बोला, "कहीं ऐसा तो नहीं कि तुम मुझे डिच करना चाहती हो? सही सही बताओ, नैना! आर यू मेकिंग अ फूल आउट ऑफ़ मी?"

"बस, अब यही बचा था सुनने के लिए।" नैना ने आखें रोल करते हुए अपना कॉफ़ी मग उठा लिया। उनकी रिलेशनशिप में यह पहली बार नहीं था कि वो दोनो किसी बात पर लड़ रहे थे। "तुम इतना इन्सिक्योर क्यों हो जाते हो? जब मैं कह रहीं हूँ कि कुछ भी नहीं होगा, तो कुछ नहीं होगा!"

"और मैं सिद्धार्थ मेहरा को भी जनता हूँ। इंडस्ट्री में उसकी क्या रेप्युटेशन है तुम्हें पता भी है? जिस डील के पीछे पड़ जाता है, उसको लेकर ही मानता है। बाय हुक या बाय क्रुक।"

"तो अब मैं डील हो गयी?" नैना ने उसको घूरते हुए कहा।

"नैना... नैना," उसने आँखें बंद करके सिर ऐसे हिलाया जैसे कि नैना स्टूपिड हो। "तुम समझ ही नहीं रही हो, वो तुम्हें कन्विन्स कर देगा कि मैं एक ख़राब इंसान हूँ, और तुम्हारे लायक नहीं।"

"विकास, तुम समझ ही नहीं रहे," वो बोल पड़ी, "ये सिद्धार्थ के बारे में नहीं है। ये तुम्हारे और मेरे बारे में है। मैं–," नैना ने अँगूठा अपने तरफ़ दिखाते हुए कहा, "मैं सिद्धार्थ को उस तरह से नहीं देखती। तुम्हें मुझे ट्रस्ट करना चाहिए," नैना ने सैटर्डे नाइट की किस को अपने दिमाग से ब्लाक करते हुए कहा। वैसे भी वो असली किस किसी भी ऐंगल से नहीं मानी जाएगी। नैना तो सिर्फ़ स्टैच्यू बनी खड़ी थी, उसने तो कुछ किया ही नहीं था।

"अच्छा एक बात बताओ, क्या तुम सिद्धार्थ को अपने भाई जैसा मानती हो?"

"ज़रूरी है कि कोई भाई या बॉयफ़्रेंड ही हो? कैसी बात कर रहे हो आज कल के माडर्न समय में? वो हमेशा से मेरा बहुत अच्छा दोस्त रहा है, और रहेगा।"

"सब लड़के ऐसा नहीं सोचते, तुम नहीं जानती।"

"वेल, हमारे घर के ऐसे ही सोचते हैं। और तुम कुछ काम भी नहीं कर रहे। ऐसे में मैं क्या मुँह ले के जाऊँ मॉम डैड के पास? क्या बोलूँ? मॉम, यह विकास है जिसे मैं पसंद करती हूँ। यह पूरे

दिन मस्ती करता है और मैं इससे शादी करना चाहती हूँ।" उसकी इरिटेशन बढ़ती ही जा रही थी।

"ज़्यादा सरकास्टिक होने की ज़रूरत नहीं है। मैं डैड का बिज़नेस जॉएन करने की सोच रहा हूँ।"

"रियली? अच्छा बताओ किस डिपार्टमेंट में काम करने की सोच रहे हो? क्या प्लांस हैं कम्पनी को आगे ले जाने के लिए?"

"अभी तो स्टार्ट किया है!" विकास झुँझलाते हुए बोला।

"हाँ तो समझ लो, यही सारे सवाल डैड और सब लोग पूछेंगे। ऐसे ही बात आगे बढ़ती है हमारे घर में। तुम्हें कुछ तो फ़्यूचर के बारे में सोचना ही होगा। यह तीन महीनों का टाइम अच्छा है। तुम बिज़नेस पर ध्यान दोगे तो आयडीआज भी आएँगे, और रही बात सिद्धार्थ की, तो तुम्हें मुझे ट्रस्ट करना होगा, हम अगले तीन महीनों के लिए नहीं मिल सकते।"

"फ़ोन पर बात तो कर सकते हैं?" विकास डेस्परेट हो रहा था।

"हाँ।" नैना को इतना गुस्सा आ रहा था, कि उसने डिनर का प्लान छोड़ ही दिया, और उठ खड़ी हुई।

"कहाँ जा रही हो? डिनर?"

"तुम मुझसे लड़ोगे तो क्या फ़ायदा?"

"नहीं, नहीं, मैं लड़ नहीं रहा, प्लीज़।" विकास ने उसका हाथ पकड़ लिया।

नैना उसे घूरते हुए बैठ गयी। वो विकास के साथ अपनी आख़िरी शाम पर लड़ के नहीं जाना चाहती थी। वैसे भी उसने अपनी गाड़ी ड्राइवर के साथ वापस भेज दी थी।

उसके बाद विकास ने सिद्धार्थ की शर्त की बात फिर से नहीं छेड़ी, और शाम ठीक-ठाक गुज़री, लेकिन उसने उतना एंजोय नहीं किया जितना वो करती थी। गाड़ी से निकलते वक़्त विकास ने उसको अपनी बाहों में भी लिया था, लेकिन नैना को कुछ भी अच्छा नहीं लगा। सिद्धार्थ ने जो विकास के IQ के लिए बोला था उसकी वजह से भी नैना के मन में डाउट आने लगा था। बुझे मन से वो गेट के अंदर चली गयी।

सिद्धार्थ और नैना के घर साथ-साथ थे। सामने से देखने से लगता था अलग हैं, लेकिन बीच की बाउंड्री वॉल नहीं थी। दोनो के गार्डन और बैकयार्ड जुड़े हुए थे। अंदर का लेआउट भी एक दूसरे का मिरर ऑपज़िट था। दोनो घरों के फ़ैमिली रूम के बीच की दीवार में बड़े-बड़े दो पल्ले का दरवाज़ा था, जो बंद तो रहता था, लेकिन लॉक कभी भी नहीं किया जाता था। त्योहारों और किसी ख़ास दिन दरवाज़ा खोल देने से अच्छा बड़ा पार्टी हाल बन जाता था। पीछे बैकयार्ड में एक छोटा सा स्विमिंग पूल भी था।

सिद्धार्थ और पापा डिनर के बाद घर के ऑफ़िस में काम कर रहे थे, कि माँ धड़धड़ाते हुए अंदर घुसी। "सिद्धार्थ, वो उसे छोड़ने आया है!"

सिद्धार्थ ने लैप्टॉप से सिर उठाकर एक लम्बी साँस ली। "कौन और किसे छोड़ने आया है?"

"वो विकास, अपनी नैना को!"

"माँ, प्लीज़!"

"वो उससे अभी भी मिल रही है!"

सिद्धार्थ ने एक और लम्बी साँस ली और पापा की तरफ़ देखा।

"गीता स्वीट्हार्ट, हम और तुम बहुत दिनों से आराम से नहीं बैठे, चलो कोई मूवी देखते हैं।"

"क्या आप भी, यह कोई टाइम है? सिद्धार्थ–"

"अरे चलो ना।"

पापा माँ को खींच के ले गए, लेकिन सिद्धार्थ का मन काम से हट के नैना पर आ गया था। नैना ने उसे बताया था कि आज वो विकास को शर्त समझाने जा रही थी, इसीलिए उसे ज़्यादा फ़िक्र नहीं थी।

परेशान करने वाली बात यह थी कि वो नैना से पाँच दिनों से नहीं मिल पाया था। काम इतना ज़्यादा था कि टाइम निकालना मुश्किल हो रहा था। अगर उसके काम का कैलेंडर देखें तो तीन महीने ऐसे ही गुज़र जाएँगे। इस सिचूएशन में नैना और उसका रिलेशन्शिप कैसे आगे बढ़ेगा?

श्रेया की पार्टी में जाना अच्छा ही रहा। जैसा वो सोच रहा था कि वो बोर होगा ऐसा कुछ भी नहीं हुआ था। और पार्टी के बाद जो नैना के रूम में हुआ, उससे नैना ही नहीं वो ख़ुद भी सर्प्राइज़ था। उसका फ़्लर्ट करने का इरादा बिलकुल नहीं था। सोचा था नैना को कमरे तक छोड़कर अपनी जैकेट लेकर चला जाएगा, लेकिन लॉबी की हल्की-हल्की रोशनी, भीगा हुआ मौसम और नैना की स्माइल ने उसको बेधड़क कर दिया था।

वैसे उसने उस किस से ज़्यादा कुछ एक्स्पेक्ट नहीं किया था, लेकिन जो हुआ अच्छा ही हुआ। पता चल गया कि नैना की तरफ़ से थोड़ा सा अट्रैक्शन तो था, और थोड़ा उसका ख़ुद का भी दिल धड़का था। उस रात के बाद शादी का फ़ैसला और भी सही लगने लगा था।

नैना के साथ क्वालिटी टाइम बिताना ही पड़ेगा, तभी वो उसे इस रिश्ते के लिए कन्विन्स कर पाएगा।

अगले महीने पापा, माँ की शादी की तीसवीं सालगिरह थी, उसके लिए भी छुट्टी लेनी पड़ेगी। समर्थ और संजना को पार्टी की प्लानिंग की ज़िम्मेदारी दी गयी थी। पता नहीं वो लोग क्या प्लान कर रहे थे। क्या किया जाए कि नैना और उसे एक्लुसिव टाइम साथ बिताने मिल जाए? एक सही सा आइडिया मन में आने लगा।

उसने इंटरकोम पर समर्थ को फ़ोन लगाया।

"क्या हुआ? मूड ऑफ़ है?" श्रेया ने पूछा।

नैना ने, मोबाइल से बिना सिर उठाए, नहीं में हिला दिया।

"तू मेरे घर मोबाइल देखने आयी है या मुझसे बात करने?" श्रेया ने नाक-भों सिकोड़ा और मुँह बना कर बेड पर लेट गयी।

एक लम्बी साँस लेके नैना ने मोबाइल कॉफ़ी टेबल पर रख दिया और श्रेया को एक फीकी सी स्माइल मार दी।

"क्या हुआ यार, कुछ तो बता? विकास से झगड़ा हुआ क्या?" इससे पहले कि नैना कुछ जवाब देती, वो फिर से बोल पड़ी, "और

पार्टी में सिद्धार्थ तेरे साथ कैसे आ गया? सारी लड़कियाँ कैसे बेशर्म होकर लार टपका रहीं थीं। पथेटिक!"

"हमारे घर वाले चाहते हैं कि सिद्धार्थ और मैं शादी कर लें।"

"यह तो पहले भी चल रहा था ना?" श्रेया को थोड़ा सा बैक्ग्राउंड पता था।

"हाँ।"

"तो अब नया क्या हुआ?"

"अब सिद्धार्थ ने भी हाँ कर दी है।"

"माए गॉड!" श्रेया झटके से उठ बैठी। "रियली!"

नैना ने सिर हिला दिया।

"तो तू खुश क्यों नहीं है?"

"शायद तेरे दिमाग से उतर गया है कि विकास और मैं स्टेडी हैं!" नैना ने उसे घूरा।

"हह, कहाँ विकास, और कहाँ सिद्धार्थ। कोई कॉमपेरिजन ही नहीं है।"

नैना को तो अपने कानों पर जैसे विश्वास ही नहीं हुआ। ऐसा लग रहा था जैसे कि श्रेया सिद्धार्थ से बात करके आ रही हो "श्रेया! तुम सबका प्रॉब्लम क्या है–"

"वो सब छोड़ो, ये बताओ, सिद्धार्थ ने हाँ कैसे कर दी?"

"कहता है कॉमन फ़ैमिली वैल्यूज़ ज़्यादा इम्पोर्टेंट हैं ज़िंदगी में।"

श्रेया के होंटों पर एक हल्की सी स्माइल खेल गयी।

"तुम्हें इतना मज़ा क्यों आ रहा है?" नैना को और गुस्सा आने लगा।

"अगर मैं तुम्हारी जगह पर होती तो झट से शादी कर लेती!"

"ठीक है, मैं सिद्धार्थ से बोल देती हूँ अपना स्वयंबर रचा ले, मेरी सारी सहेलियाँ उसमें भाग लेना चाहती हैं। मैं बच जाऊँ शायद। तुम लोगों का प्रॉब्लम क्या है? उसमें ऐसा क्या दिखता है?"

"कॉन्फ़िडेंट, हैंडसम, रिच, और अब उसमें इंटेलिजेंट भी शामिल कर दो, और क्या चाहिए? सच बताऊँ तो मुझे विकास कोई ख़ास पसंद नहीं।"

"श्रेया! तुम ऐसे कैसे पार्टी बदल सकती हो?"

"अच्छा बता विकास को क्या एक्स्क्यूज़ देगी?"

"उसको तो मैंने बता दिया।"

"हैं! फिर उस ने क्या कहा?"

"कहना क्या था, गुस्सा था। उसे समझ ही नहीं आ रहा कि जबतक वो किसी काम-धाम में नहीं लगेगा मैं अपने मॉम, डैड से बोल ही नहीं सकती। और उसे मेरे पर बिलकुल भी भरोसा नहीं है। उसे लगता है कि मैं भी तुम लोगों की तरह सिद्धार्थ पर फ़िदा हो जाऊँगी।"

"चलो एक मामले में तो मैं उससे सहमत हूँ।" श्रेया पाल्थी मार कर बिलकुल उसके सामने बैठ गयी। "नैना, मैं तुमसे बहुत दिनों से एक बात बोलना चाह रही थी। तुम गुस्सा मत होना यह सिर्फ़ मेरा ऑब्ज़र्वेशन है। तुम आजकल विकास से जब भी मिलती हो तो खुश रहती हो क्या?"

"यह कैसा सवाल है?"

"मैंने तुम्हें ज़्यादातर उसके साथ झुँझलाते देखा है। मुझे ऐसा लगता है कि जैसे तुमने उसे प्यार का वादा तो कर दिया है, लेकिन प्यार ख़त्म हो गया और सिर्फ़ वादा ही रह गया है। अगर ऐसा है तो इसका मतलब वो सिर्फ़ इन्फ़ैचूएशन ही है।"

"तुमने सिद्धार्थ के साथ मुझे डिस्कस किया क्या?" नैना ने आँखें तरेरते हुए पूछा।

"हाय," श्रेया तकिया से लिपट कर फिर से बिस्तर पर पसर गयी और छत पर आँखें टिका लीं, जैसे सिद्धार्थ से लिपटी हो, "मेरी इतनी क़िस्मत कहाँ कि वो मुझे भाव दे!"

"तुम सब पागल हो।"

"यार, तू उसके साथ पली बढ़ी है इसीलिए तुझे कुछ नया नहीं लग रहा, लेकिन वो एलिजिबल बैचलर की लिस्ट में सबसे ऊपर है। अच्छा, तुम उसे विकास के बारे में बता दो, फिर देखें।"

"उसे पता है फिर भी उसने हाँ कर दी। वो भी कहता है विकास मेरे लायक नहीं है।" फिर उसने श्रेया को सिद्धार्थ की शर्त के बारे बताया।

"देखा! सारे इंटेलिजेंट लोग एक जैसा सोचते हैं। बट, व्हाट अ बिग न्यूज़! सारी लड़कियाँ कितनी जेलस होंगी तेरे से! कितना मज़ा आएगा!"

"जेलस? मज़ा? यू आर सो डिस्गस्टिंग!" नैना ने तकिया उसके ऊपर फेंका, जो उसके सिर से बॉउंस करके ज़मीन पर गिर गया। श्रेया खिलखिलाकर हंस दी।

नैना को ऐसा लग रहा था सब मिले हुए थे।

संडे को सब ब्रंच पर मिलते थे। किसी को भी छूट नहीं थी। अगर मुंबई में हो तो डाइनिंग टेबल पर आना ही होगा, ठीक सुबह ग्यारह बजे। उस दिन भी सब टाइम से माँ के लिविंग रूम में पहुँच गए थे।

"गुड मॉर्निंग!" नैना ने सबसे आख़िर में एंट्री मारी और उबासी लेते हुए सोफ़े पर गिर गयी।

"लगता है सिर्फ़ तुम्हारी ही मॉर्निंग गुड नहीं है, बेटा!" डैड ने कहा।

"हमने सब प्लान कर लिया!" संजना ने चश्मा ऊपर करके एक प्लेट उठा ली।

"किसके लिए, लव?" मॉम ने पूछा।

"माँ की ऐनिवर्सरी पार्टी के लिए।"

"मेरा तो सजेशन है कि सिद्धार्थ और नैना की एंगेज्मेंट भी उसी दिन कर लेते हैं, कितना यादगार दिन बन जाएगा।" माँ ने सिद्धार्थ के आगे इडली की प्लेट खिसका दी।

नैना को पता था कि सिद्धार्थ उसे देख रहा था, लेकिन उसने नज़र नहीं मिलाई। उस रात के बाद वो दोनों पहली बार मिल रहे थे, और अपने उस रात के बिहेव्यर पर उसे शर्म भी आ रही थी।

"नहीं गीता, तुम्हारा दिन तो तुम्हारा ही होना चाहिए," मॉम ने कहा।

"सब तो ऐसे बोल रहे हैं जैसे मेरा कोई रोल ही नहीं है," पापा ने डैड को आँख मारी।

संजना और नैना खिलखिलाकर हंस पड़े।

"है ना आपका रोल, फिनांन्सर का," समर्थ ने कॉमेंट कर दिया।

"नैना, आओ डाइनिंग टेबल पर," मॉम ने आवाज़ लगाई।

"मुझे भूख नहीं है।"

"इतनी डाईटिंग अच्छी नहीं है, बेटा।"

"मैं डाईटिंग नहीं कर रही। अच्छा सिर्फ़ जूस लूँगी।" उसको पता था कि कोई छोड़ने वाला नहीं था। बूफे टेबल से एक ग्लास में जूस डालकर वो फिर से सोफ़े पर बैठ गयी।

"डाइनिंग टेबल पर आओ, कुछ डिसकस करना है," समर्थ ने कहा।

"वहीं से बोलो ना, मुझे पैर ऊपर करके बैठना है।" आठ सीटर डाइनिंग टेबल पर सबने जानबूझ कर सिद्धार्थ के पास वाली चेयर ही ख़ाली छोड़ी थी। सब की मिलीभगत थी। सबको अपनी ख़ुशी की परवाह थी, उसके बारे में कोई नहीं सोच रहा था। विकास के साथ लड़ाई तो कर ली, लेकिन अब उसे बहुत ख़राब लग रहा था। लग रहा था जैसे उसने टीम बदल ली थी और विकास को अकेले छोड़ दिया था।

"ओके, हमने सोचा है कि हम क्रूज़ पर जाएँगे। वीकेंड भी है, दो दिन छुट्टी लेने से सब सेट हो जाएगा।" समर्थ ने डिक्लेर किया।

"दिस इज़ अ वंडर्फुल आडिया!" मॉम ने भी सेकंड कर दिया।

"क्रूज़ पार्टी? सबको कैसे बुलाएँगे?"

"हमने सब सोच लिया है।" संजना सब डिटेल में समझाने लगी।

हालाँकि मोबाइल फ़ोन संडे ब्रंच पर अलाउड नहीं थे, लेकिन फिर भी नैना ने अपने जेब से मोबाइल निकाल ही लिया। विकास का कोई मेसेज नहीं था। श्रेया शाम को मिलने का पूछ रही थी, उसने हाँ कर दिया।

"नैना?"

"हम्म...?"

"ठीक है ना?" संजना पूछ रही थी।

"क्या?"

"ओफ़्फ़ो, तुमने तो कुछ सुना ही नहीं! मोबाइल नहीं देखना है ना, ब्रंच के टाइम!"

"नैना, टेबल पर आओ," डैड ने ऐसे टोन में कहा जैसे कि वो तेइस साल की नहीं तेरह साल की हो!

अब तो कोई चारा नहीं था। डैड का ग़ुस्सा शायद नाक पर आ गया था। मोबाइल पॉकेट में रखकर, नैना को डाइनिंग टेबल पर आना ही पड़ा, नहीं तो समर्थ उसे छेड़ने में कोई कसर नहीं छोड़ता। प्लेट में इडली सर्व करके वो उसे प्लेट में घुमाने लगी। सिद्धार्थ ने साम्भर की कटोरी उसके सामने रखके, नारियल चटनी सर्व कर दी।

"कुछ ज़्यादा नहीं हो रहा है?" नैना ने फुसफुसाते हुए कहा।

"यह तो कुछ भी नहीं है।" उसने नैना की तरफ़ देखा फिर नज़रें नैना के होठों पर टिका दी।

नैना ने आँखें वापस प्लेट पर गड़ा लीं, और फिर उसकी तरफ़ मुड़ी ही नहीं। जब भी वो किसी को कुछ पास करता तो उसकी बाँह नैना की बाँह से छू रही थी। उस रात जैसी अजीब सी सिहरन फिर नैना को परेशान करने लगी। वो ख़ुद को समेट कर बैठ गयी। बहुत मुश्किल से सबका खाना ख़त्म हुआ। इडली का लास्ट पीस मुँह में ठूँसते हुए वो भी उठ गयी।

अपने कमरे में आकर मोबाइल फिर से चेक किया। विकास से अभी भी कोई मेसेज नहीं था। कोई और दिन होता तो अब तक पता नहीं कितने 'किस' एमोज़ी आ चुके होते। अभी भी नाराज़ था। श्रेया का मेसेज था, वो डिनर के लिए वेन्यू और टाइम पूछ रही थी।

नैना जवाब टाइप करने ही वाली थी कि एक प्लेट उसके नाक के सामने आ गयी। नज़र उठा के देखा तो सिद्धार्थ खड़ा था। "तुमने कुछ भी नहीं खाया।"

"कहा ना मुझे भूख नहीं है," उसने झूठ बोला, आलू के पराँठे की महक उसको ललचा रही थी।

प्लेट को वो वहीं कॉफ़ी टेबल पर रखकर, वो सोफ़े पर उसके बगल में बैठ गया। "क्यों मूड ख़राब है? श्रेया के बर्थडे के दिन तो ठीक ठाक था।"

"विकास मुझसे नाराज़ है।"

वो कुछ नहीं बोला।

"तुम्हारी शर्त की वजह से।"

"मैं सोच रहा था कि हमें साल्सा करना चाहिए, माँ की ऐनिवर्सरी पर। व्हाट से?"

"ठीक है, मेरी प्रॉब्लम डिस्कस ही मत करो?"

"मैं तुमसे शादी करना चाहता हूँ और तुम मुझसे अपने बॉयफ़्रेंड के नख़रे डिस्कस करना चाहती हो?" सिद्धार्थ थोड़ा इरिटेट हो गया।

"तुम मेरी सारी प्रॉब्लम सॉल्व करते हो, तो मैं क्या करूँ? आदत है।"

वो धीरे-धीरे सिर हिलाते हुए हँसने लगा।

"क्या?"

"इस मामले में तुम आदत बदल लो।"

नैना ने उसे घूरना शुरू कर दिया। वो हमेशा ऐसे ही करती थी और फिर सिद्धार्थ उसकी सारी बातें मान जाता था, लेकिन आज उसने ऐसा कुछ भी नहीं किया, उलटे वो उसके पास खिसक आया, और उसकी आँखों में आँखें डालकर बोला, "मैं तुम्हारी ये वाली प्रॉब्लम नहीं सुलझाऊँगा क्योंकि तुम्हारे होंठों पर मुझे उसका नाम बिलकुल पसंद नहीं।"

नैना सोफ़े पर पीछे होती जा रही थी और वो आगे आते जा रहा था, ठीक उसी रात की तरह। और ठीक उस रात की तरह नैना अपने सारे इरादे और रिज़लूशंस भूल गयी। उसकी ब्राउन आँखों में सुनहरे फ़्लेक्स थे, नैना ने कभी नोटिस ही नहीं किया था।

"मुझे ऐसा लगता है कि वो मेरी कोई बेहद ख़ास चीज़ लेना चाहता है, और मुझे ऐसे लोग बिलकुल पसंद नहीं। याद रखो अगले तीन महीने, मैं तुम्हारा बॉयफ़्रेंड हूँ। तुमने प्रॉमिस किया है।" धीरे-धीरे वो इतना पास आ गया था, कि उसकी गरम साँसे नैना के चेहरे को छू रही थीं। उसकी आँखों में झाँकते-झाँकते, और उसकी आवाज़ से नैना जैसे हिप्नोटाइज़ सी हो गयी हो, ऐसा लग रहा था कि जैसे उसकी नज़र ने नैना को क़ैद कर लिया हो।

पास में किसी ने गला खँखारा।

नैना ने घबराकर सिद्धार्थ के सीने पर हाथ रखकर उसे ठेलना चाहा, लेकिन लगा जैसे कि किसी दीवार को धक्का दे रही हो। उसकी दिल की धड़कन, जो वो अपने हथेली पर महसूस कर रही थी, उसकी ख़ुद की धड़कने बढ़ा रही थी।

"समर्थ, जाओ यहाँ से," सिद्धार्थ बिना अपनी नज़र हटाए बोला।

"ओह माय गॉड, रोमैन्स हो रहा है क्या?" अब संजना की आवाज़ आयी।

हल्की सी स्माइल के साथ सिद्धार्थ पीछे हो गया और संजना को घूरते हुए बोला, "हड्डी।"

"अहा, कबाब पक रहा था क्या? वाह... वाह! और अब हम हड्डी हो गए!" संजना की स्माइल तो इतनी लम्बी थी कि क्या बताएँ!

'सब मिले हुए हैं,' नैना ने सोचा और अपने को सेटल करने के लिए एक लम्बी साँस ली। सिद्धार्थ ने प्लेट फिर से उसके आगे कर दी। इस बार उसने प्लेट पकड़ ली, क्योंकि वो समर्थ और संजना को फ़ेस करने की हालत में नहीं थी। उसका चेहरा पक्का ख़ूब लाल हो गया होगा।

"क्या प्रॉब्लम है तुम दोनों का?" सिद्धार्थ ने अपने हाथ उसके पीछे सोफ़े पर फैलाते हुए बोला।

"पार्टी के बारे में डिसकस करना है ना?" संजना ने नैना के बेड पर आराम से बैठकर लैप्टॉप खोल लिया। समर्थ ने भी रेक्लायनर पर क़ब्ज़ा जमा लिया।

"हाँ बोलो।"

"इवेंट मैनेजमेंट को मैंने कॉंट्रैक्ट भेजने के लिए बोल दिया है। अब हम आठ और हमारे क्लोज़ रिश्तेदार मिलकर लगभग बीस - तीस लोग होंगे, जो हमारे साथ तीनों दिन रहेंगे। फिर आख़िरी दिन, ग्रैंड फिनाले, जब शिप वापस डॉक करेगा तब हम मुंबई के सारे मेहमानों को बुलाएँगे। उस शाम लगभग एक हज़ार गेस्ट्स होंगे।"

"उस शाम माँ का वीना का आइटम तो होगा ही, और हम सब परफ़ॉर्म करेंगे," समर्थ ने संजना की बात ख़त्म की।

"मैं डान्स नहीं करने वाली," नैना ने फट से कहा, क्योंकि उसे डान्स करना बिलकुल भी नहीं आता था।

"मुझे पता था तुम यही कहोगी, इसीलिए मैं तुम्हारे साथ परफ़ॉर्म कर रहा हूँ। परेशान मत हो मैं तुम्हें संभाल लूँगा," सिद्धार्थ ने कहा।

"और मैं तुम्हारे पैर तोड़ दूँगी। अच्छा रहेगा।"

समर्थ और संजना हंसने लगे।

सिद्धार्थ भी मुस्कुरा रहा था। नैना ने हँसते-हँसते उसकी तरफ़ देखा तो सबकी नज़र बचाकर उसने आँख मार दी। कॉनशिअस होकर नैना फिर से प्लेट की तरफ़ देखने लगी। पराँठा ख़त्म हो चुका था। वो चौंक गयी जब सिद्धार्थ ने हाथ बढ़ाकर प्लेट ले ली और फुसफुसाते हुए बोला। "यह प्लेट हमारे घर की है। इसी प्लेट की तरह एक दिन मैं तुम्हें भी यहाँ से ले जाऊँगा अपने घर।"

नैना की धड़कने फिर से तेज़ करके वो उठ गया। "मीटिंग ओवर, बच्चों। संजना, कॉरिओग्रफ़र का टाइम हम सबको बता देना, और मेन्यू माँ से डिस्कस कर लेना। बाक़ी सब तो लिस्ट में है ही। नैना, शाम को डिनर बाहर करेंगे, तैयार रहना। मैं फ़ोन करूँगा।"

"मैंने तो श्रेया को हाँ कर दी है।"

"ठीक है तो हम किसी और दिन चलेंगे," सिद्धार्थ बोला फिर एक और हल्की सी स्माइल देकर चला गया।

समर्थ कुछ बड़बड़ाते हुए सिद्धार्थ के पीछे भाग गया।

"सच में कबाब पक रहा था क्या?" संजना ने बारी-बारी से आइब्राओ हिलाते हुए कहा, "इतनी जल्दी!"

"मज़ाक़ मत कर, यार। अपने भाई को कुछ समझा, संजना।"

"क्यों, मेरे भाई में क्या कमी है? बहुत सारी लड़कियाँ और उनकी मम्मियाँ उसके पीछे पड़ीं हैं।"

"यार, टाँग मत खींच। कह रहा है विकास सिर्फ़ मेरी जायदाद में इंट्रेस्टेड है।"

"भाई कह रहा है तो ठीक ही बोल रहा होगा। पापा और डैड उसे हर मीटिंग में ले जाते हैं, कहते हैं कि उसमें आदमी पहचानने की अच्छी समझ है।"

नैना ने मुँह बना लिया, और फिर कुछ नहीं बोली।

"श्रेया का बर्थडे कैसा गया?" संजना ने टॉपिक चेंज कर दिया।

"प्रिया कह रही थी कि सिद्धार्थ बहुत हैंडसम है, और मोनिका तो उसे छोड़ ही नहीं रही थी।"

चश्मा ऊपर करके संजना ने नैना की तरफ़ देखा। दोनों पैर ऊपर करके वो अंगूठे की नेल पोलिश कुरेद रही थी। ना चाहते हुए भी वो सिर्फ़ भाई की ही बात कर रही थी। क्या माँ जो कहती थी वो सही था? नैना भाई को पसंद करती है, लेकिन क़बूलना नहीं चाहती, या शायद उसे यह एहसास ही नहीं था।

"कुछ तो बोल!" नैना इरिटेट होकर बोली।

"भाई हैंडसम तो बिलकुल नहीं है! लम्बा है, लेकिन फ़ेयर नहीं–"

"काम्प्लेक्शन तो ठीक है, ज़्यादा फ़ेयर लड़के भी अच्छे नहीं लगते। गे लगते हैं।"

"आँखें तो बिलकुल छोटी हैं।" संजना अपनी मुस्कुराहट छुपाते हुए लैप्टॉप की तरफ़ देखने लगी।

"नहीं तो। क्या बात कर रही हो, मेंढक जैसी आँखें चाहिये क्या?"

"बिलकुल नहीं। मेरा भाई मुझे तो बहुत अच्छा लगता है। वैसे तुम्हें कैसा लगता है?" संजना को मन ही मन हँसी आने लगी। हमेशा की तरह माँ का अनुमान बिलकुल ठीक ही लग रहा था।

"ठीक ही है, लेकिन विकास ज़्यादा हैंडसम है।"

नैना के आख़िरी कॉमेंट ने संजना की सारी खुशीओं पर पानी फेर दिया। "विकास क्या काम कर रहा है?" संजना ने अपना अगला पासा फेंका।

"कुछ तो कह रहा था, अपने डैड के साथ कुछ शुरू करेगा।"

"कुछ करेगा? अभी तक डिसाइड ही नहीं किया? अभी नहीं करेगा तो कब करेगा?"

"यही तो प्रॉब्लम है।" उसने संजना की तरफ़ देखकर मुँह बनाया। "यार, संजना मुझे डान्स नहीं करना, सब हसेंगे।"

तभी नैना के रूम का फ़ोन बजने लगा, क्योंकि संजना फ़ोन के पास थी तो उसने फ़ोन पकड़ा, फिर हाँ बोलकर उठ गयी। "माँ बुला रही है। भाई सब संभाल लेगा। तुम चिंता मत करो।" वो नैना का कंधा थपथपाकर चली गयी।

नैना बहुत देर तक बुत बनी वहाँ बैठी रही। सिद्धार्थ बहुत अग्रेसिव हो रहा था। उसके बिना छुए ही ऐसा लगा कि वो मेराथन दौड़ गयी थी। इस तरह से तो उसने कभी, किसी के लिए भी महसूस नहीं किया। कुछ अलग सा ही लग रहा था। कुछ ज़्यादा ही गहरा। कुछ ज़्यादा ही दिल को छू लेने वाला।

सिद्धार्थ ने उसे अपना बहुत ख़ास बोला था। क्यों? क्या वो विकास से जेलस था? कहीं यह सब वो उसे इम्प्रेस करने के लिए तो नहीं बोल रहा था? राधिका सचमुच उसके दिल से निकल गयी होगी? सारे सवाल और सिद्धार्थ के लिए अपने रीऐक्शंस उसको और भी ज़्यादा कन्फ़्यूज़ करने लगे थे। ज़िंदगी इतनी कॉम्प्लिकेटेड क्यों होती है?

⌇

"भाई, तुम सच में नैना के बारे में सीरीयस हो?" संजना शाम को सिद्धार्थ के साथ अकेले बैठी तो उसने पूछ ही लिया।

"मैं नैना को पसंद करता हूँ, संजना।"

"और वो?"

"उसे अभी पता नहीं है कि उसे क्या चाहिए।"

"तुम उसको अभी भी छोटी बच्ची समझ रहे हो क्या?"

"नहीं। लेकिन वो तुम्हारे जैसी स्ट्रीट स्मार्ट नहीं है। हम सबने उसे बहुत शेल्टर करके रखा है। उसे सब लोग अपने जैसे ही लगते हैं–आनेस्ट और सीधे, जबकि ऐसा नहीं है। एक बार और भी ऐसा हो चुका है, वो धोखा खा चुकी है। तुम्हें याद नहीं?"

"हाँ, लेकिन–"

"मैं इस टॉपिक पर और बात नहीं करना चाहता।"

"लेकिन–"

"संजना, क्या तुम्हें मुझ पर विश्वास नहीं है? तुमको क्या लगता है कि मैं नैना को हर्ट करूँगा?"

"नहीं, ऐसा नहीं है।" संजान थोड़ा झेंप गयी।

"मैं जानता हूँ तुम क्या सोच रही हो। जितना तुम उसे जानती हो, शायद मैं भी उसको उतना तो जनता ही हूँ। क्या हमारी अरेंज्ड-कम-लव मैरिज नहीं हो सकती?" उसने उसका हाथ थपथपाया। "डोंट वरी। मैंने बहुत सोच-समझ के ये फ़ैसला लिया है। मैं हमेशा उसका ख़याल रखूँगा।"

अगले वेनस्डे सुबह कॉरिओग्रफ़र टाइम पर पहुँच गया था लेकिन नैना का कोई अता-पता ही नहीं था। फ़ोन भी नहीं उठा रही थी। समर्थ और संजना को शुरू करने के लिए बोल कर, सिद्धार्थ नैना के घर पहुँचा तो सब शांत था। उसके मॉम और डैड की आवाज़ तो बेस्मेंट में जिम से आ रही थी। वो दो-दो सीढ़ी फाँदते हुए नैना के रूम में पहुँचा तो देखा महारानी जी सो रही थीं। इतने ज़ोर से कि फ़ोन की घंटी भी नहीं सुनाई दे रही थी।

"क्या लक्ज़री है, मैडम।" सिद्धार्थ मुस्कुराते हुए बेड तक गया तो ठिठक गया।

हमेशा की तरह वो औंधे मुँह बच्चों की तरह सो रही थी। कम्फ़र्टर कमर तक था, लेकिन एक टाँग बाहर झाँक रही थी। बाल मुँह और तकिए पर फैले हुए थे। बेड पर बैठकर सिद्धार्थ ने धीरे से मुँह पर छितरे बाल हटाए तो मन नहीं किया उसको डिस्टर्ब करने का। आँखें ज़ोर से भींचे हुए और मुँह हल्के से खोलकर वो गहरी नींद में खोयी हुई थी।

उसके लिए अफ़ेक्शन तो सिद्धार्थ को था ही, लेकिन आजकल कुछ और भी महसूस होने लगा था। अपने फ़ैसले के बाद से वो कुछ ज़्यादा ही अपनी-अपनी सी लगने लगी थी। उसने झूठ नहीं कहा था कि विकास का नाम उसके मुँह पर अच्छा नहीं लगता था। मन कर रहा था कि बिलकुल मना कर दे उससे कांटैक्ट रखने को,

लेकिन एक लिमिट के आगे वो इस रिश्ते के लिए नैना को मजबूर नहीं करना चाहता था। वो चाहता था कि नैना उसे ख़ुद ही पसंद करे। ख़ुद ही उसके पास आए।

उसने धीरे से उसके गालों को सहलाया, और नीचे झुककर उसके होंठों को हल्के से चूम लिया। वो थोड़ा सा कुनमुनाई और फ़ेस दूसरी तरफ़ घुमाके फिर सो गयी।

लगता था आज उनके गाने पर प्रैक्टिस नहीं हो पाएगी। सिद्धार्थ ने एक लम्बी साँस ली और दबे कदमों से वापस अपने घर आ गया।

नैना ने आँखें खोलीं तो लगा जैसे कोई उसके कमरे में आया था, एक ख़ास, हल्की सी ख़ुशबू महसूस हो भी रही थी, और नहीं भी। उसने टाइम देखा तो चौंक पड़ी। फ़ोन पर आधा दर्जन मिस्ड कॉलस थीं, कुछ सिद्धार्थ की और कुछ संजना की। आज तो सिद्धार्थ से अच्छी ख़ासी डाँट पड़ेगी। उसने जल्दी-जल्दी ब्रश किया और जींस-टॉप डाल के उनके घर की तरफ़ पहुंची तो सब शांत था।

लगता था सब अपने-अपने काम पर चले गए थे। माँ वीना पर रियाज़ कर रही थीं, तो उन्हें डिस्टर्ब करना ठीक नहीं समझा और वो उलटे पाँव वापस चली गयी। सबका ऑफ़िस या कॉलेज सुबह जल्दी शुरू जो जाता था, सिर्फ़ वो घर से काम करती थी। उसका शोरूम रेनोवेट हो रहा था, तो वो घर पर ही अपनी नई लाइन की डिज़ाइनिंग कर रही थी। शोरूम के पीछे ही टेलरिंग वर्कशॉप था, जहाँ वो कभी कभी ही जा रही थी।

थोड़ी देर में संजना का मेसेज आया कि उनकी डान्स प्रैक्टिस अच्छी गयी, और कल नैना को बिलकुल रेडी रहना होगा सुबह सात बजे, क्योंकि सिद्धार्थ के पास प्रैक्टिस करने का और कोई टाइम नहीं था।

नैना ने थम्ज़-अप एमोज़ी भेजा, और फिर काम में लग गयी।

लेकिन अगले दिन तो क्या पूरे हफ़्ते उन दोनों के गाने की प्रैक्टिस नहीं हुई क्योंकि बिज़नेस के सिलसिले में सिद्धार्थ को

सिंगापोर जाना पड़ गया। पूरे हफ़्ते नैना भी काफ़ी बिज़ी रही। दिवाली से पहले उसका अपना नया फ़ॉल-विंटर कलेक्शन निकालना ही था। काम, आर्किटेक्ट से कॉल और टेलर मास्टर से डिस्कशन में वो इतना बिज़ी हो गयी कि सैटर्डे कब आया उसे पता ही नहीं चला।

थोड़ी देर बाद ही फिर फ़ोन बज उठा। विकास कॉल कर रहा था।

आजकल वो बहुत डेस्परेट हो रहा था। हर दिन घड़ी-घड़ी फ़ोन करता या फिर ढेरों मेसेज भेज देता। अगर नैना से जवाब देने में ज़रा भी देर होती तो फिर कॉल पर कॉल। उसकी बचकानी हरकतें नैना को बहुत परेशान कर रहीं थीं।

एक पल लगा कि उसको इग्नोर कर दे, लेकिन नहीं कर पायी। एक गहरी साँस लेकर उसने मोबाइल उठा ही लिया, "हेलो।"

"नैना, मैं तुम्हारे बग़ैर नहीं रह सकता!"

लगता था विकास ने पी रखी थी।

"विकास, मैंने कहा ना तुम्हें मुझे ट्रस्ट करना चाहिए।" नैना ने वही बात, जो वो हर बार कहती थी, दोहरा दी। हालाँकि अब उसे भी ये सेंटेन्स खोखला सा लगने लगा था। इस मूड में उसे विकास से बात करने का मन ही नहीं कर रहा था।

"नैना, मैं तुमसे मिलना चाहता हूँ। प्लीज़, सिर्फ़ कुछ देर।"

"लेकिन मैंने उसे प्रॉमिस किया है।"

"तुमने मुझसे भी कुछ वादे किए थे।"

"दो हफ़्ते तो हो भी गए हैं, अब कुछ और हफ़्तों की ही तो बात है। ये हम दोनों के लिए ज़रूरी है, विकास। मॉम, डैड जल्दी मान जाएँगे अगर सिद्धार्थ हाँ कर देगा।"

"नैना एक बार, बस एक बार, हम छुपकर मिल लेते हैं, किसी को पता भी नहीं चलेगा।"

"मिलना ठीक नहीं होगा, विकास। मैं बेइमानी नहीं कर सकती, सिद्धार्थ बहुत फेअर है। उसने मुझे तुमसे सिर्फ़ मिलने के लिए मना किया था, बात तो करना अलाउड है।"

"अलाउड है! अलाउड है मतलब क्या! तुम्हारा जेलर है क्या वो? और तारीफ़ भी कर रही हो उसकी! तुम कितनी बार मिली हो उससे?"

"एक ही बार, वो भी श्रेया की पार्टी में।"

"एक ही बार? झूठ मत बोलो, नैना। ओह, मैं तो भूल गया तुम दोनो तो एक ही घर में रहते हो। चौबिसों घंटे घर में मिलना तो माना ही नहीं जाता होगा। एक बात बताओ तुम सो रही हो क्या उसके साथ? मेरे साथ तो बड़ी सती-सावित्री बनती रही।"

"व्हाट नॉन्सेन्स! अब तुम हद पार कर रहे हो? जब सोबर होना तब कॉल करना।" नैना ने फ़ोन काट दिया।

थोड़ी देर में विकास ने फिर से कॉल किया, तो उसने फ़ोन साइलेंट पर कर दिया।

गुस्से में वो दोबारा किसी भी चीज़ पर ध्यान ही नहीं दे पाई। जब चौथी बार उसका डिज़ाइन ख़राब हो गया तो उसने पेन्सल दीवार पर खींच के दे मारी और सिर पकड़कर बैठ गयी।

फ़ोन पर विकास के ढेरों मिस्ड कॉल देखकर इरिटेशन और भी बढ़ गयी। कोई और दिन होता तो वो उसे तुरंत माफ़ कर देती, लेकिन इस कॉल के बाद ... कितना बेहूदा इल्ज़ाम लगाया था उसने! सती-सावित्री! वो कभी सोच ही नहीं सकती थी कि इतनी गिरी हुई सोच थी उसकी। क्या कहा था उसने कैफ़े में? 'मर्दों की निगाह अलग टाइप की होती है, उन्हें तुम लोगों की तरह रोमैन्स में दिलचस्पी नहीं होती।'

क्या वो इसीलिए उससे फ़्रस्ट्रेटेड रहता था? वो उससे सिर्फ़ यही उम्मीद कर रहा था?

क्या श्रेया सही कह रही थी?

"नैना, तुमने तो कॉफ़ी पी ही नहीं," उसकी नैनी, सुमन ताई, जो बचपन से उनके साथ थीं, ने कमरे में आते हुए बोला।

अपनी रिस्ट वॉच पर नज़र डाली तो शाम के सात बज रहे थे। काम करते करते टाइम का पता ही नहीं चला। वो फिर ड्रॉइंग बुक पर झुक गई। "ये आज ख़त्म करना ही है।"

"यह क्या हो रहा है? दोपहर का खाना भी स्किप किया था," ताई फिर बड़बड़ाई।

"ये तो अच्छी बात नहीं है, नैना," दरवाज़े से सिद्धार्थ की आवाज़ आई।

ड्रॉइंग बुक पर स्केच करते हुए उसके हाथ रुक गए। उसकी आवाज़ सुनकर मन में एक खुशी की लहर दौड़ गयी। क्यों? उसको जवाब नहीं मिला। फिर भी अपने फ़ेस का एक्सप्रेशन नॉर्मल रखते हुए मुड़ी तो देखा, वो दरवाज़े पर टिका, हाथ बांधे मुस्कुरा रहा था। सिद्धार्थ को देखते ही उसे विकास की फ़ोन कॉल याद आ गयी। सारी खुशी पर पानी फिर गया। वो वापस अपनी टेबल की तरफ़ मुड़ गयी। बाल चेहरे के सामने आ गए, लेकिन उसने हटाए नहीं।

"लो, फिर काम पर लग गयी," सुमन ताई फिर बोली।

"नॉट गुड, नैना। चलो आज मैं तुम्हें डिनर पर ले चलता हूँ। ठीक है ना, ताई?" सिद्धार्थ ने अपनी नज़र सुमन ताई पर घुमा दी।

"हाँ, हाँ... अपना तो कुछ ख़याल है ही नहीं इसे। पूरे हफ़्ते ऐसे काम कर रही है कि क्या बताऊँ, ऐसे तो तबियत ख़राब हो जाएगी ना। तुम्हीं समझाओ इसे, किसी और की तो सुनती ही नहीं," सुमन ताई कुछ-कुछ बड़बड़ाते हुए किचन में चली गयीं।

"क्यों नैना, क्यों नहीं सुनती ताई की बात?" धीमे कदमों से वो अंदर आ गया, और उसके बालों को कान के पीछे करते हुए बोला, "परेशान हो?"

"नहीं तो।"

"क्या बात है, मुझे नहीं बताओगी?"

"तुम्हीं ने तो कहा था, आदत बदल लूँ।"

"चलो, तो मिलते हैं नीचे।" उसने टॉपिक ही चेंज कर दिया। समझ गया था शायद।

"मैंने तो हाँ कहा ही नहीं!"

"अरे, मैं इतने दिनों बाद आया हूँ, मना कैसे कर सकती हो?"

"तुम्हें तो कल आना था, आज कैसे?" वो स्केच बुक पर फिर झुक गयी।

"सोचा बहुत दिन हो गए हैं अपनी फ़ेवरेट गर्ल से मिले हुए, तो मीटिंग्स जल्दी से ख़त्म करके आज की फ़्लाइट लेकर आ गया।" वो उसके क़रीब आकर उसके डिज़ाइंस देखने लगा। "मुझे पता है कि तुम खुश हो कि मैं जल्दी आ गया, छुपाने की कोशिश क्यों? कहाँ चलोगी। आज स्टाइल से डिनर करेंगे।"

"नहीं जाना।" सिद्धार्थ की टी-शर्ट उसकी बाँह को छू रही थी। वही मीठी सी सिहरन नसों में फिर दौड़ गयी, लेकिन वो उससे अलग नहीं हुई। जब भी वो पास होता था अपने ऊपर कोई कंट्रोल ही नहीं रह गया था।

"बीस मिनट काफ़ी होगा कि और टाइम लगेगा सजने धजने में?"

"कहा ना, नहीं जाना, बहुत काम है।"

सिद्धार्थ ने एक लम्बी सी साँस ली फिर कहा, "अच्छा ठीक है। जब फ़्री होना तो बताना।" उसके माथे को चूम के वो चला गया। बहुत देर तक उसकी डीओ की ख़ुशबू नैना को परेशान करती रही। नैना कुछ भी नहीं कर पाई।

फ़ेवरेट गर्ल? पता नहीं वो कैसा जादुई जाल बुन रहा था उसके इर्द-गिर्द। उसने जानकर नैना की बात मानी थी जिससे कि वो गिल्टी फ़ील करे। आधे घंटे बाद भी जब काम में मन नहीं लगा तो झख मार के उसने फ़ोन मिला ही दिया।

"हे, स्वीट्हार्ट?" सिद्धार्थ ने एक रिंग में ही फ़ोन उठा लिया।

"डिनर कर लिया?" उसने अटकते हुए पूछा।

"नहीं।"

"कहाँ चलना है?"

सिद्धार्थ ने गाड़ी घुमा के नैना के घर के आगे लगाई ही थी कि वो अंदर से आते हुए दिख गयी। सिद्धार्थ की साँस ऊपर की ऊपर और नीचे की नीचे ही रह गयी–आसमानी नीले रंग की ऐंकल लेंग्थ ड्रेस, हाई हील्स, और कानों में बड़े लूप्स। कहीं से भी उसे वो लड़की नहीं नज़र आ रही थी जिसे वो बचपन से जनता था। कब वो इतनी बड़ी हो गयी, उसने कभी ध्यान ही नहीं दिया।

"कैसी लग रही है ड्रेस, आज कपड़ा कम नहीं पड़ा ना," नैना ने गाड़ी में बैठते ही, मुस्कुराते हुए कहा।

उसके लम्बे बाल पीछे से होकर कंधे पर एक ओर उसके गालों को चूम रहे थे। सिद्धार्थ उसके चेहरे से आंख हटा ही नही पा रहा था। अभी दो घंटे पहले तो वो शरमाकर उसकी तरफ़ देख भी नहीं रही थी, और अब... पहले तो लगा कि वो नैना को फ़ोर्स कर रहा था, लेकिन अब लग रहा था कि उसके ऊपर नैना ही जादू चला रही हो। क्यों उसने बाहर डिनर का प्रोग्राम बनाया? बिलकुल भी प्राइवसी नहीं मिलेगी रेस्टौरेंट में।

"यह मैंने डिजाइन की है, कैसी लगी? मेरे नए कलेक्शन में से है," उसकी कशमकश से अनजान वो सीट बेल्ट लगाते हुए बोली।

"ब्यूटिफुल! तुम डिज़ाइन भी कर सकती हो और अपने ड्रेसेज़ की मॉडलिंग भी। आय एम सो प्राउड।" अपनी चाहतों पर क़ाबू करते हुए सिद्धार्थ ने गाड़ी स्टार्ट कर दी। "क्या थीम है तुम्हारे कलेक्शन का?"

डिजाइनिंग, ड्रेस मैटेरियल और उसके मार्केटिंग प्लान डिसकस करते करते रेस्टौरेंट का रास्ता जल्दी से कट गया। डिनर क्विज़ीन उन दोनो के पसंद का ही था। वो मेन कोर्स ऑर्डर करने ही वाले थे कि किसी ने नैना को पुकारा।

"हाय, नैना!"

सिर उठाकर देखा तो प्रिया उसके सामने खड़ी थी, लेकिन सिद्धार्थ की तरफ़ देख कर मुस्कुरा रही थी।

"हे प्रिया! यहाँ कैसे?"

"ऐसे ही कुछ फ़्रेंड्ज़ के साथ। सिद्धार्थ? राइट?" उसने सिद्धार्थ की तरफ़ अपना हाथ बढ़ा दिया। "प्रिया, हम श्रेया की बर्थडे पार्टी में मिले थे।"

सिद्धार्थ भी नम्रता से अपनी चेयर से उठ गया, और हाथ आगे कर दिया।

"व्हयय डोंट यू जॉन अस?" प्रिया ने इन्वाइट तो किया, लेकिन सिर्फ़ सिद्धार्थ को देखकर।

"नो थैंक्स, फिर कभी।" इससे पहले कि नैना कुछ बोलती, सिद्धार्थ ने ही मना कर दिया।

प्रिया का चेहरा थोड़ा उतर गया, लेकिन वो उनकी तरफ़ हाथ हिलाते हुए चली गयी।

"इतनी बेदर्दी से मना क्यों कर दिया?"

"तुम उनके साथ बैठना चाहती हो, तो चलो।"

"नहीं, बिलकुल नहीं।"

वेटर मेन कोर्स का ऑर्डर लेने आ गया। अपनी चॉयस बताने के बाद वो फ़ोर्क से खेलने लगी। सिद्धार्थ वेटर से वाइन डिसकस कर रहा था। नैना ने प्रिया की टेबल पर निगाह डाली। चार लोग थे। एक लड़की एक लड़के को इम्प्रेस करने की कोशिश कर रही थी, लेकिन वो लड़का प्रिया को इम्प्रेस करने में लगा था, और प्रिया बोर सी अपने मोबाइल में देखते हुए उसे जवाब दे रही थी।

"कुछ इंट्रेस्टिंग है उधर?"

"नहीं, एक बात बताओ सब लोग पार्टनर ही क्यों ढूँढते रहते हैं?"

"अच्छा लगता है, जब कोई अपना कहने वाला हो। जिससे सारी प्राब्लम्स और ख़ुशियाँ शेअर कर सकते हों। इंसान अकेले नहीं रह सकता।"

"तुम ऐसा भी सोचते हो! पर मैं सिंगल रह सकती हूँ, मुझे अकेले बहुत अच्छा लगता है।"

"तो फिर मेरा क्या होगा?" सिद्धार्थ ने एक किलर स्माइल फेंक दी उसकी तरफ़।

"तुम्हें पता है, मेरी सारी फ़्रेंड्ज़ तुम्हारी दीवानी हैं," नैना ने जीभ गाल में छूआते हुए कहा, "मैं तुम्हारे लिए एक स्वयंबर प्लान करूँगी, जहाँ मेरी सारी फ़्रेंड्ज़ पार्ट लेंगी, और अब तो श्रेया भी तुम्हारी फ़ैन बन गयी है।"

एक मिनट के लिए वो उसे देखता ही रहा, फिर अपनी कोहनी टेबल पर टिकाते हुए हल्के से बोला, "लेकिन मुझे तो एक सिरफ़िरी सी लड़की ही पसंद है।"

बहुत मुश्किल से नैना अपने को पीछे होने से रोका, और उसे कोई जवाब भी नहीं सूझा, तो उसने नज़रें नीचे कर लीं। थैंक्फ़ूली वेटर मेन कोर्स लेके आ गया था, और बात आयी-गयी हो गयी। उसके बाद नैना ने बात को नॉर्मल टॉपिक पर ही रखा। एक बार डैड ने कहा था, सिद्धार्थ का सिंगल-मायंडेड फ़ोकस ही उसकी सक्सेस का सबसे बड़ा राज है। वो जो ऐम बना लेता था फिर उस पर पूरी शिद्दत के साथ काम करता था। उस शाम भी उसका पूरा फ़ोकस नैना पर ही था। हालाँकि ऐसा लग रहा था कि वो सच में उसकी तरफ़ अट्रैक्टेड है लेकिन कहीं यह सब ...

"स्वीट डिश?" सिद्धार्थ ने उसे मेन्यू पकड़ा दिया।

दोनो डेज़र्ट का सोच ही रहे थे, कि सिद्धार्थ का फ़ोन आ गया। म्यूज़िक थोड़ा तेज़ था तो उसको बाहर जाना पड़ा। इतने में सिद्धार्थ का दूसरा पर्सनल फ़ोन बज पड़ा।

नैना ने स्क्रीन पर देखा तो उसका हाथ-पैर ठंडे पड़ गए। जब तक फ़ोन बजते-बजते रुक नहीं गया, वो स्क्रीन से नज़र हटा ही नहीं पायी। राधिका की मॉम सिद्धार्थ को अभी भी फ़ोन करती हैं? क्यों? उन दोनों के पास कौन सा कॉमन टॉपिक होगा बात करने के लिए? क्या राधिका का साया सिद्धार्थ और उसके ऊपर हमेशा मँडराता ही रहेगा? ऐसे तो सिद्धार्थ कभी भी उसको भूल ही नहीं पाएगा। पहले विकास का फ़ोन और अब यह!

"डिसाइड कर लिया?" सिद्धार्थ ने वापस आकर बैठते हुए पूछा।

"घर चलते हैं, काफ़ी देर हो गयी है।"

"अरे तुम्हें तो मीठा पसंद है ना, क्या लोगी?"

"नहीं, बहुत खा लिया। चलते हैं।"

"अभी तो एक ही घंटा हुआ है। आओ डान्स करते हैं।"

"सिद्धार्थ, प्लीज़, नहीं।"

"कम ऑन, कुछ करना थोड़े ही है, सिर्फ़ म्यूज़िक के साथ स्वे करना है। और मैं तो हूँ ना।" उठते हुए उसने अपना हाथ आगे बढ़ा दिया।

नैना के पास कोई चारा नहीं था, सिवाय अपना हाथ उसके हाथ में रखने के।

लाइव म्यूज़िक एक धीमी सी धुन प्ले कर रही थी। उसकी साँसे थम सी गयी जब सिद्धार्थ ने उसका हाथ हल्के से खींच के उसे अपनी बाहों में ले लिया, बहुत पास।

"सिद्धार्थ?"

"हम्म ..."

"बहुत लोग हैं यहाँ पर।"

"इग्नोर।"

"ऐसे ज़रूरी है क्या।"

"हाँ, तुम मुझे बहुत अच्छी लग रही हो। मेरा मन तो वैसे तुम्हें किसी कोने में ले जाने को कर रहा है, जहाँ कोई भी ना हो, लेकिन अभी मैं ऐसे ही काम चला लूँगा।"

"ऐसी बातें मत किया करो, प्लीज़।"

"फिर तुम्हें लाइन कैसे मारूँ?"

"यह सब करना ज़रूरी है क्या?"

"क्या सब?"

"यही, यह सब नाटक। डिनर, डाँस वगैरह।"

सिद्धार्थ उसको छोड़कर वहीं खड़ा हो गया, और आइब्राओ ऊपर चढ़ गयीं। "तुम्हें यह सब नाटक लग रहा है?"

"नहीं, मेरा वो मतलब नहीं है।"

"तो क्या मतलब है?" उसकी आवाज़ तेज़ हो गयी।

"सिद्धार्थ, लोग देख रहे हैं!"

वो दो सेकंड उसे घूर के टेबल पर गया, बिल सेटल करके, सीधे लॉबी की तरफ़ चल पड़ा। बाहर पहुंचते ही कॉनसीअरज को गाड़ी का टैग पकड़ा दिया। नैना चुप सी उसके पीछे-पीछे चलती रही। सबके सामने तमाशा करना उसके नेचर में नहीं था। नेचर में तो सिद्धार्थ के भी नहीं था, पर पता नहीं उसे क्या हो गया था।

"सिद्धार्थ, प्लीज़," गाड़ी में बैठते हुी वो बोली, "आय एम सॉरी। तुम मेरी बात का गलत मतलब ले रहे हो।"

सिद्धार्थ ने झटके से गाड़ी स्टार्ट की।

"सिद्धार्थ–"

"शट अप, नैना।" फिर उसने म्यूज़िक इतना तेज़ कर दिया कि बात करने की गुंजाइश ही नहीं बची।

जब वो दोनो घर पहुँचे तो एक बार फिर जब नैना ने बात करने की कोशिश की तो उसने नैना की तरफ़ देखा ही नहीं। गाड़ी से उतरते समय भी नहीं। बस स्टीरिंग व्हील को कस के पकड़कर सामने देखता रहा। नैना को वो रात याद आ गयी जब वो उसे रूम तक छोड़ने आया था।

आज शाम पहली बार लगा कि सिद्धार्थ उसे एक अडल्ट की तरह ट्रीट कर रहा था। सब कुछ ठीक चल रहा था, फिर वो कॉल आ गया। क्यों नहीं उसने सिद्धार्थ से वहीं पूछ लिया कि राधिका की मॉम उसे अब क्यों कॉल कर रहीं थीं? बात वहीं की वहीं क्लीयर हो जाती।

इन-बॉक्स में विकास का 'सॉरी' वाला मेसेज पड़ा था और ढेरों मिस्ड कॉल थे। पहली बार विकास से चैट करने का मन नहीं किया। सारा ध्यान सिर्फ़ आज शाम पर था। सिद्धार्थ उससे नाराज़ था। विकास की इंसल्ट से ज़्यादा परेशान वो सिद्धार्थ की बेपरवाही से थी। ऐसा पहले कभी नहीं हुआ। वो इरिटेट ज़रूर होता था, या गुस्से में समझाता था, लेकिन इस तरह साइलेंट ट्रीटमेंट कभी भी नहीं दिया। बहुत मुश्किल से कुछ घंटों की नींद ने उसे सुकून दिया।

संडे ब्रंच पर भी वो नहीं आया। उसके लिए सब माफ़ था।

शाम को उसने संजना को मेसेज किया कि नैना अपने हिस्से का डान्स समर्थ या रोहित, कॉरिओग्रफ़र, के साथ प्रैक्टिस करले, और वो अपना पार्ट बाद में उनके विडीओ देखकर रिहर्स कर लेगा। क्योंकि वो दोनो अपना प्रोग्राम बड़ों को बता चुके थे, इसीलिए कुछ चेंज भी नहीं कर सकते थे।

सिद्धार्थ ने संजना को मेसेज किया, नैना को नहीं। यह सोच-सोच कर नैना के मन की फाँस और ज़्यादा चुभने लगी।

"कुछ गड़बड़ है क्या?" संजना ने पूछा, जब फ़्राइडे भी सिद्धार्थ नहीं आया, और कॉरिओग्रफ़र चला गया।

"क्या गड़बड़ है?" नैना ने अपने पैर दबाते हुए कहा। वो डान्स प्रैक्टिस करते करते दो बार ऐंकल ट्विस्ट कर चुकी थी।

"भाई को क्या हुआ? तुम्हारे साथ उस रात बाहर गया था, उसके बाद उसकी और तुम्हारी हँसी जैसे ग़ायब ही हो गयी है।"

"कोई ग़ायब हुआ है तो वो है तुम्हारा भाई।" नैना ने वॉटर बॉटल से एक घूँट पानी पिया।

"क्या हुआ, लेकिन? उस दिन डिनर करके वो ऐसे भागा जैसे कि तुमने शादी के लिए ही हाँ कर दी हो।"

"डिनर करके?"

"हाँ, तभी तो तुम्हारा फ़ोन आया था।"

सिद्धार्थ डिनर करने के बाद भी उसके साथ गया था। उसने डबल खाना भी खाया! नैना का गिल्ट भी दोगुना हो गया। क्या

सिद्धार्थ सचमुच उसमें इंट्रेस्टेड था? राधिका की मॉम का कॉल करना कोई बुरी बात तो नहीं। दोनो ने ही उसे खोया था, शायद उन्हें सिद्धार्थ से बात करके अच्छा लगता हो। लेकिन उनसे बात करने से तो राधिका उसके मन से कभी जाएगी ही नहीं। फिर वो अपने दिल किसी और के लिए, नहीं ख़ुद नैना के लिए, जगह कैसे बनाएगा? पता नहीं सब कुछ इतना कन्फ़्यूज़िंग लग रहा था कि उसके दिमाग ने काम करना ही बंद कर दिया था।

लेकिन एक बात का तो यक़ीन हो चुका था कि विकास के लिए जो कुछ भी उसके मन में था वो सिर्फ़ इन्फैचूएशन ही था। उस दिन से, जब उसने उसको सती-सावित्री बुलाया था, उसने विकास की कोई भी कॉल या मेसेज का जवाब नहीं दिया था, मन ही नहीं किया। उससे जल्दी ही बात कर लेनी चाहिए, तभी वो फ़्री महसूस कर पाएगी। सबसे ताज़्ज़ूब की बात ये थी, कि ब्रेक-अप के बारे में सोचते हुए उसे ज़रा भी दुःख नहीं हो रहा था। इन फ़ैक्ट, उसे तो रिलीफ़ सा महसूस हो रहा था। कब रिलेशन्शिप बोझ बन गई थी उसको पता ही नहीं चला।

तमाशा बनाएगा क्या विकास? ज़ाहिर है। फ़ोन पर ही मेसेज डाल दे क्या? नहीं, नहीं यह ठीक नहीं होगा। जो कुछ भी हो वो डरपोक बिलकुल नहीं थी। वो रिलेशन्शिप तोड़ रही थी, फिर अंजाम तो झेलना ही पड़ेगा।

"मैं अब और नहीं कर सकती।" नैना सोफ़े पर गिर गयी। वो समर्थ के साथ उनके घर के बेस्मेंट में एक घंटे से प्रैक्टिस कर रही थी।

"नैना, तुम्हें अभी तक स्टेप्स याद नहीं हैं। एक ही वीक बचा है। उठो!" समर्थ ने फिर से गाना रीसेट कर दिया।

"प्लीज़, तुम सब मेरे ही पीछे क्यों पड़े हो, अपने भाई से कुछ कहते नहीं बनता! उससे पूछो उसे गाना भी पता है कि नहीं।"

"गाना भी पता है और स्टेप्स भी याद हैं।"

नैना ने घूम के देखा, सिद्धार्थ बेस्मेंट के दरवाज़े पर खड़ा था। ये कब वापस आया? जींस और व्हाइट टी-शर्ट में बहुत ग़ज़ब लग

रहा था। पता नहीं वो कैसी लग रही होगी योगा कास्टूम में। बहुत मुश्किल से उसने अपने बालों को ठीक करने की ललक को रोका।

"अब सही है, लो सम्भालो अपनी पर्फ़ॉर्मन्स को, बाए।" इससे पहले कि नैना और सिद्धार्थ कुछ कह पाते समर्थ ऊपर भाग गया।

सिद्धार्थ ने गाना प्ले कर के उसके सामने हाथ फैला दिए। चुकिं वो साल्सा कर रहे थे, सारे स्टेप्स हाथ पकड़कर ही होने थे।

"मुझे बहुत पसीना आ रहा है, मैं चेंज करके आती हूँ।"

सिद्धार्थ हाथ फैलाए उसे घूरता रहा, तो नैना ने उसके हाथ में अपना हाथ दे ही दिया। अब स्मेल आएगी तो उसकी प्रॉब्लम। उसके हाथों में हाथ देते ही वो सब भूल गयी।

सिद्धार्थ को सच में सारे स्टेप्स याद थे। पहली प्रैक्टिस में तो नैना अपने दिमाग में सिर्फ़ स्टेप्स ही गिन रही थी। एक भी गलती की तो सिद्धार्थ और गुस्सा हो जाएगा। वो भी तब जब वो अलरेडी गुस्सा था। एक, दो, तीन, घूमो... एक दो एक साइड स्टेप... ... एक दो एक...

"नैना, मेरी तरफ़ देखो," सिद्धार्थ ने कहा जब वो सिर्फ़ अपने पैर ही देखे जा रही थी।

"मैं तुम्हारे पैरों पर स्टेप कर दूँगी।"

"नहीं करोगी। म्यूज़िक पर ध्यान दो। स्टेप्स तुम्हें याद हैं।"

एक लम्बी साँस लेकर नैना ने अपना स्टैन्स लिया। उसकी तरफ़ देखते ही सब कुछ ठीक होने लगा। ऐसा लग रहा था जैसे कि वो दोनो एक दूसरे के लिए ही बने हों। उसके हर लड़खड़ाते कदम पर वो नैना अपने क़रीब लाकर संभाल ले रहा था, पूरे हक़ के साथ, कुछ ज़्यादा ही क़रीब। जितनी बार वो नैना को अपने पास ला रहा था, नैना को लगता था कि कमरे में ऑक्सिजन कम होती जा रही थी।

अगले स्टेप में वो दोनो साथ आए और रुक गए, सिद्धार्थ ने उसे ऐसे पकड़ा था जैसे कि छोड़ना ही नहीं चाहता हो। गाना चलता रहा लेकिन वो दोनो एक दूसरे से अलग ही नहीं हो पाए। गाने के साथ-साथ सिद्धार्थ की गरम साँसों ने भी उसे चारों तरफ़ से घेर लिया था। एक मीठे-मीठे से एहसास ने उसके दिल को अपनी

आग़ोश में ले लिया था। सीने के ऊपर-नीचे होने से लग रहा था सिद्धार्थ की हालत भी नैना जैसी ही थी।

गाना ख़त्म हो गया। कमरे का सन्नाटा एक अलग सी ही धुन बजाने लगा था।

"तुम्हारी आँखें ब्राउन हैं।" अनजाने ही नैना के मुँह से शब्द निकल गए।

सिद्धार्थ ने उसे ऐसे छोड़ा, जैसे कि वो गरम तवा हो। "आज के लिए इतना ही ठीक है।" फिर वो जैसे आया था, वैसे ही चला गया।

नैना को ऐसा लगा कि जैसे किसी ने उसे रिजेक्ट कर दिया हो। उसका गिल्ट अब ग़म में बदल गया। एक नयी सी कसक दिल को कचोटने लगी। क्या वो किसी भी तरीक़े से नहीं मानेगा?

बुझे मन से वो बेस्मेंट से ऊपर गयी।

"अरे नैना, तुम यहीं हो? खाना खाया?" माँ ने किचन से पूछा।

"हम्म..., गुड नाइट माँ।"

"गुड नाइट, बेटा।"

अपने कमरे में पहुँचकर वो बिस्तर पर औंधे मुँह लेट गयी।

"नैना, तुम जागी हुई हो क्या?" कमरे को खुला देखकर मॉम ने अंदर आते हुए पूछा। "यह देखो, गीता और किशोर को देने का सोच रहें हैं, अच्छे है ना?"

अपने मुँह पर एक अनचाही स्माइल लपेट कर उनके हाथ में ज़ेवेलरी बॉक्स की तरफ़ देखा। "बहुत अच्छा है, सो प्रिटी!" और फिर वही हुआ जिसका डर था।

"क्या हुआ? तबियत ठीक है ना?"

"हम्म... ठीक हूँ।" नैना ने मॉम से आँखें चुराते हुए बोला।

"क्या हुआ?" मॉम ने पकड़ ही लिया।

"मॉम?" वो उनकी गोदी में मुँह छुपाकर लेट गयी।

"हम्म..."

"क्या आपको भी लगता है कि सिद्धार्थ मेरे लिए सही है?"

"हाँ।"

"क्यों?"

मॉम को जवाब देने में थोड़ा टाइम लगा, "एक लाइफ़ पार्टनर में हम क्या चाहते हैं? हमें अच्छे से समझे, और हर परेशानी या ख़ुशी में साथ दे। साथ देने की क़ाबिलियत भी होनी चाहिए। सो उसमें क़ाबिलियत तो है, और तुम दोनो एक दूसरे को अच्छे से जानते भी हो। सच पूछो तो मुझे उसमें कोई कमी नज़र नहीं आती। कोई तुम्हें बहुत अच्छे से जनता हो, तो ज़िंदगी आराम से कटती है।"

"सिद्धार्थ तो मुझे अच्छे से जनता है, लेकिन मुझे नहीं लगता कि मैं उसे ठीक से जान पायी हूँ।"

"अरे क्यों? उसकी ज़िंदगी तो खुली किताब है। मैंने उसे हमेशा वो ही करते देखा है जो उसने कहा। इससे बड़ी अच्छाई और कोई नहीं होती है।"

"और राधिका? क्या वो सच में उसको भूल गया होगा?"

"किसी का भी पास्ट तुम या वो ख़ुद भी मिटा नहीं सकता, नैना। लेकिन मुझे इतना पता है कि जो चले जाते हैं उनकी याद धूमिल होती रहती है। नई यादें पुरानी के ऊपर चढ़ती जातीं हैं। समय का खेल है, बस। लेकिन तुम परेशान मत हो, अगर तुम नहीं चाहोगी तो कोई तुम्हें फ़ोर्स नहीं करेगा।"

मॉम के जाने के बाद, नैना ने अपने को बाहों में समेटते हुए एक लम्बी साँस ली। अपनी कश्मकश से वो देर तक जूझती रही, लेकिन उसे कोई एक जवाब नहीं मिला। उसने अब तक अपनी ज़िंदगी के सारे फ़ैसले ख़ुद ही किए थे, लेकिन पार्टनर के मामले में वो हमेशा अनलकी ही रही। शायद इस पहलू में अपने बड़ों की बात मान ही लेनी चाहिए।

सिद्धार्थ को आज ही सॉरी बोलना होगा। कहीं फिर उसे बाहर ना जाना पड़ जाए। माँ की ऐनिवर्सरी को ख़ाली एक हफ़्ता रह गया था। वहाँ भीड़ में उससे बात करने का मौक़ा पता नहीं मिलेगा भी कि नहीं? उसे जो भी कहना है आज रात ही कहना पड़ेगा।

अपने घर से होते हुए उसने पीछे वाले गॉर्डन में झाँका तो सिद्धार्थ स्विमिंग पूल के साथ रखे हुए रेक्लाइनर पर लेटा हुआ था। नहा तो वो चुकी थी, मन किया कोई अच्छा सा ड्रेस पहन

ले, लेकिन टाइम नहीं था। अगर वो अपने रूम में चला गया तो डिस्टर्ब करना ठीक नहीं होगा। नाइट-सूट में ही जाना होगा। शीशे में देखकर उसने बाल एक बार फिर से ब्रश किए, थोड़ा सा काजल, लिप ग्लॉस लगाया और पूल की तरफ़ चल पड़ी।

उसके पास वाले रेक्लाइनर तक पहुँचकर बोली, "आय एम सॉरी।" जब वो कुछ नहीं बोला तो उसने कनखियों से देखा, हाथ सिर के पीछे रखे वो आसमान को देख रहा था। "अब क्या पैर पकड़ने पड़ेंगे?"

सिद्धार्थ उठकर पूल की सीढ़ियों पर बैठ गया, तो वो भी पूल की सीढ़ी पर उसके पास जाकर बैठ गयी, बिलकुल सट के, और जगह ही नहीं थी। वो थोड़ा सा दूसरी तरफ़ खिसक गया। वो और पास खिसक गयी, और उसके बाँह में अपनी बाँह फँसा ली।

"पंगा मत लो, नैना।"

"अगर लूँ तो क्या होगा?"

"बाद में रोते-रोते माँ के पास नहीं जाना।"

"व्हाट नॉन्सेन्स, मैं कभी ऐसे नहीं करती हूँ।"

वो कुछ नहीं बोला, लेकिन उसको झिड़का भी नहीं।

"अगर मैं कहूँ कि मुझे अब विकास नहीं कोई और पसंद है, तो क्या तुम मुझे एक छिछोरी लड़की मानोगे?"

वो फिर भी कुछ नहीं बोला, लेकिन अलर्ट हो गया था, शायद मुस्कुरा भी रहा था।

"सिद्धार्थ–"

सिद्धार्थ ने अचानक उसके गले में हाथ डालकर उसे बिलकुल पास खींच लिया, इतने पास कि कौन साँस अन्दर ले रहा था और कौन बाहर पता ही नहीं लग रहा था। उसकी हथेली के नीचे सिद्धार्थ की धड़कन उसकी धड़कनों के साथ दौड़ने लगी थी।

"कोई देख लेगा," नैना बदहवास होकर फुसफुसाई।

"मेरी धड़कन महसूस कर रही हो, नैना? क्या तुम्हें लगता है कि मेरा दिल नाटक कर रहा है?"

उसकी गरम साँसे और सुनहरी आँखें उसे फिर से मधहोश कर रहीं थीं। "आय एम सारी," नैना ने धीमी आवाज़ में फिर से कहा।

"तुम जान लो, और अपने ऊपर नाज़ कर लो कि मेरा यह हाल तुम्हारी वजह से है। जब-जब तुम मेरे पास आती हो, मुझे कुछ हो जाता है। मन करता है बस तुम्हें बाहों में लेकर चूम लूँ और जाने ही ना दूँ। फिर सोचता हूँ कि कहीं तुम डर तो नहीं जाओगी? सब बहुत नया सा है। तुम्हारे लिए भी और मेरे लिए भी।"

वो पल बिलकुल ठहर सा गया था, वो कभी उसकी आँखों को देख रही थी, तो कभी उसके होठों को। मन कर रहा था छू ले उन्हें, लेकिन कहीं दिमाग के कोने में, किसी के देख लेना का डर भी था।

"तुमको लगता होगा कि मैं बिलकुल ही छिछोरी टाइप की लड़की हूँ?" उसने फिर कहा।

सिद्धार्थ अपने बाहों का घेरा थोड़ा ढीला करते हुए हंस पड़ा। "बिलकुल नहीं, ऐसा क्यों सोच रही हो?"

"अभी कुछ हफ़्ते पहले ही मुझे लगता था कि विकास ही मेरे लिए सही है, और अब ..."

"और अब?"

"पता नहीं ये सही है या वो।"

"तुम्हारा पता नहीं मुझे तो यही सही लगता है।"

"अगर मैं तीन महीने बाद मना कर दूँ, तो तुम क्या करोगे?"

"यह कैसा सवाल है? मैं जब तक हारता नहीं, हार के बारे में नहीं सोचता।"

"विकास कह रहा था मैं तुम्हारे लिए सिर्फ़ एक डील हूँ।"

"वो बिलकुल ढक्कन है, मैंने कहा ना मेरे सामने उसका नाम मत लिया करो। ज़िंदगी और बिज़्नेस दो अलग-अलग चीज़ें हैं।" सिद्धार्थ ने नैना का हाथ फिर से अपने सीने पर रख दिया। "मेरे दिल को महसूस करो, नैना। यह डील के वक़्त पर ऐसे नहीं दौड़ता। तुमने मेरे बारे में लोगों की बातें सुन सुन कर पता नहीं क्या इम्प्रेशन बना लिया है। ये दो अलग बातें हैं।"

"अच्छा, मान लिया।" वो कोई ऐसी बात नहीं करना चाहती थी, जो उनके बीच के बैलेन्स को फिर से बिगाड़ दे।

"तुमने बचपन से ही मुझे बहुत परेशान किया है, नैना। अब मैं तुम्हारे नखरे और नहीं सह पा रहा हूँ।"

"लो, शादी से पहले ही बोल दिया, नख़रे नहीं सह सकता। नेगेटिव पॉइंट हो गया तुम्हारे प्रपोज़ल में।"

"मेरे प्रपोज़ल में जितने पॉज़िटिव पॉइंट हैं, वो किसी के भी प्रपोज़ल में नहीं होंगे।" अपनी तारीफ़ करते हुए एक हल्की सी स्माइल उसके होठों पर आ ही गयी।

नैना भी धीरे से हंस पड़ी, और आराम से बैठ गयी। गहरे नीले आसमान में टिमटिमाते तारे, पूल में झलक रहे थे। सब कुछ फिर सुंदर लगने लगा था। एक अजीब सा सुकून मिल रहा था सिद्धार्थ को मना कर। क्या यही सही है? ये पाँच दिन, जब सिद्धार्थ उससे नाराज़ था, बिलकुल भी अच्छे नहीं गुज़रे थे। अब जो वो उससे बात करने लगा था, दुनिया फिर से नॉर्मल लगने लगी थी।

"मुझे कल फिर बाहर जाना है, तुम समर्थ के साथ प्रैक्टिस कर लेना।"

"रोहित के साथ भी कर लेती हूँ कभी-कभी।"

"नहीं!"

"क्यों नहीं?"

सिद्धार्थ चुप रहा।

"रोहित के साथ क्यों नहीं?"

"मैंने बोल दिया, नहीं तो नहीं।" वो उठ खड़ा हुआ।

नैना ने उसका हाथ पकड़ लिया। "अब क्या हुआ?"

"मैंने तुम लोगों के प्रैक्टिस विडीओ देखें हैं, वो तुमको बहुत अजीब तरीक़े से पकड़ता है। मुझे पसंद नहीं। मैं समर्थ को भी बोल दूँगा।"

"क्या तुम फिर नाराज़ हो गए?" रोहित ऐसा कुछ भी नहीं करता था। वो तो बहुत प्रोफ़ेशनली सिखाता था। फिर सिद्धार्थ को ऐसा क्यों लगा? क्या वो जेलस था?

"नहीं।"

"तो जा क्यों रहे हो।"

"तुम्हारे साथ बैठूँगा तो तुमको किस करने का मन करेगा, जो यहाँ कर नहीं सकते। माँ देख लेगी तो मारेगी।"

नैना मुस्कुरा दी।

"बहुत देर भी हो गयी है, कल सुबह पाँच बजे फ़्लाइट है। मैं फ़ोन करूँगा।" उसने नैना के गाल को हल्के से सहलाया, और चला गया।

नैना बहुत देर तक वहीं बैठी रही। आज डान्स के बाद कुछ बदल सा गया था। एक मीठी-मीठी, अनजानी सी कसक उसको छेड़ रही थी। सिद्धार्थ ठीक कह रहा था, सब कुछ नया सा था, लेकिन अच्छा सा था।

थोड़ी देर में वो भी अपने कमरे की तरफ़ चल दी। अब बस विकास को हैंडल करना था।

अगले दिन विकास को कई बार फ़ोन मिलाया पर उसका फ़ोन ऑफ़ ही आ रहा था। नैना ने उसको एक मेसेज भेजा, और काम में लग गयी। लेकिन कई घंटों तक उसका जवाब नहीं आया तो नैना को परेशानी होने लगी। शाम होते-होते उससे रुका नहीं गया और वो उसके घर चल पड़ी।

नैना ने सोचा था कि आज सिर्फ़ मिलने का प्लान बनाएगी। किसी कैफ़े में मिलना होगा। घर पर ब्रेक-अप करना ठीक नहीं होगा। वैसे वो कई बार विकास के घर जाकर उसके मम्मी, पापा से मिल चुकी थी। वो दोनो नैना को काफ़ी पसंद करते थे। पता नहीं कैसे रीऐक्ट करेगें अगर उन्होंने सुन लिया।

ड्राइव वे में विकास की होंडा देखकर उसे थोड़ा चैन आया। और कोई गाड़ी नहीं थी, शायद उसके पेरेंट्स कहीं बाहर गए होंगे। विकास की गाड़ी के पीछे अपनी गाड़ी पार्क करके, उसने मेन डोर की तरफ़ रूख किया। कोई गार्ड नहीं था, ना ही उनका माली जो अक्सर गार्डन में काम करते दिखता था। सब कुछ वीरान सा लग रहा था।

विकास के घर का दरवाज़ा खुला था, और दो लोगों की बात करने की आवाज़ उसके कानों में पड़ी। एक लम्बी साँस लेकर वो अंदर घुस गयी। एंट्री लॉबी ऐसी थी कि लिविंग रूम को पूरी प्राइवसी मिलती थी। एकदम से कोई चिल्लाया, तो वो वहीं ठिठक कर रह गयी।

"तुमने सब गड़बड़ कर दी है। बिलकुल बेवक़ूफ़ हो तुम," विकास के पापा चिल्ला रहे थे।

"यह सब उस सिद्धार्थ का किया धरा है," उसकी मम्मी बोली।

यह कैसे हो सकता था, उनकी गाड़ी तो पार्किंग में थी ही नहीं! और यह लोग सिद्धार्थ का नाम क्यों ले रहे हैं?

"पापा, मैंने पूरा ट्राई किया, अब वो मुझे पसंद नहीं करती तो में क्या करूँ?"

"कुछ भी बोल लो पैसे तो हाथ से चले गए! कितनी अमीर है वो लड़की, तुम्हें अंदाज़ा भी है? हमारी सारी प्रॉब्लमस सॉल्व हो जाती।"

"अब मैं क्या करूँ, इतने साल से तो मैं नैना के पीछे पड़ा हूँ, उसके चक्कर में मैंने स्नेहा का साथ भी छोड़ दिया। नाटक करते-करते दिमाग ख़राब हो गया।"

नैना को तो जैसे साँप सूंघ गया। पर वो और नहीं सुन पायी और उलटे पैर वापस हो गयी। वो तो अच्छा हुआ कि किसी ने उसे देखा नहीं, नहीं तो और बखेड़ा होता।

घर पहुँचते-पहुँचते उसका पारा बिलकुल सिर पर चढ़ा हुआ था। थैंक गॉड, घर पर कोई नहीं था। मॉम, डैड अभी तक ऑफ़िस से नहीं आए थे। सुमन ताई कमरे में खाना रखकर सोने चली गयी। गुस्सा उसको विकास की बेवफ़ाई से ज़्यादा अपनी बेवक़ूफ़ी पर आ रहा था। एक और बार ऐसा हो चुका था। तब तो बात ज़्यादा आगे नहीं बढ़ी थी, लेकिन इस बार!

'मुझे नहीं लगता हम दोनो एक दूसरे के लिए सही हैं। मुझसे मिलने की कोशिश मत करना।' गुस्से में उसने विकास को उसी वक़्त मेसेज भेज दिया। अब चाहे वो कुछ भी समझे। इतनी जल्दी पीछा तो नहीं ही छोड़ेगा, कमीना। स्नेहा अच्छी लगती थी उसे! तो जाए उसी के पास। अब तो किसी का दिल टूटने की बात है ही नहीं। हालाँकि नैना की जायदाद उसके हाथ से निकल गयी, इसका दुःख तो होगा ही उसे। अच्छी बात है!

हैरत की बात यह थी कि नैना को बिलकुल भी ख़राब नहीं लग रहा था कि विकास उसके साथ ड्रामा कर रहा था। मन का छोटा सा कोना बहुत हल्का महसूस कर रहा था।

उसका जजमेंट हमेशा इतना ग़लत कैसे हो सकता था। सोच-सोच के उसे थोड़ा डिप्रेशन भी होने लगा था। दिल में एक अजीब सी हलचल मचने लगी थी, एक जगह बैठा ही नहीं जा रहा था। कभी वो बाल्कनी में टहलती, तो कभी रूम में। क्या ऐसा ही सिद्धार्थ के साथ भी हो जाएगा? नहीं, नहीं! सिद्धार्थ से शादी करना खाली उसका फ़ैसला तो है ही नहीं। बड़ों ने भी तो अपनी ब्लेसिंगस दी हैं। सब ठीक ही होगा।

फ़ोन की घंटी ने उसे अपने निराशा भरे ख़यालों से उबारा। सिद्धार्थ का नाम फ़ोन स्क्रीन पर देखते ही उसके सारे डाउट्स उड़नछू हो गए। वो कल ही तो गया था, लेकिन ऐसा लग रहा था कितना टाइम बीत गया है।

"हाय!" फ़ोन उठाते ही उसकी आवाज़ ऐसे निकली जैसे वो हाँफ रही हो।

"क्या हुआ? ऐरोबिक्स कर रही थी क्या?"

"हाँ," उसने झूठ बोल दिया।

"या मेरा नाम देखकर एक्साइटेड हो गयी?" उसकी आवाज़ में मुस्कुराहट साफ़ झलक रही थी।

कैसे वो उसकी सारी बातें पकड़ लेता था? "अपने बारे में ज़्यादा गुमान अच्छा नहीं, सिद्धार्थ मेहरा।" नैना आराम से अपने बेड पर लेट गयी। "कब आ रहे हो?"

"मुझे मिस कर रही हो?"

"हाँ।"

दूसरी तरफ़ से कोई आवाज़ ही नहीं आयी। लगा लाइन कट गयी। "सिद्धार्थ? हेलो?"

"मुझे लगा तुम कुछ और बोल के बात टाल दोगी।" सिद्धार्थ की आवाज़ में एक अजीब सा टोन था। "तुम्हें पता है जबसे हमारी शादी की बात हुई तुमने पहली बार ऐसा कुछ कहा है जिससे लगता है तुम मुझमें थोड़ी सी इंट्रेस्टेड हो।"

"पूल पर भी तो कहा था।"

"उस रात भी डाउट झलक रहा था, लेकिन आज नहीं।"

वो कुछ नहीं बोली।

"क्या कर रही थी?" फिर सिद्धार्थ ने ही बात शुरू की।

"ऐसे ही बस।" विकास को गाली देने की बात बताकर क्या करना था।

"मैं सोच रहा था, तुम्हारे शोरूम के लिए सिक्योरिटी का इंतजाम कर लेते हैं, और मैं तो ट्रैवल ही करता रहता हूँ तो महावीर तुम्हारी गाड़ी ड्राइव कर लेगा।"

"क्यों?"

"शोरूम का काम पूरा हो रहा है, फिर महँगा मटीरीयल भी होगा, तो थोड़ी सिक्योरिटी तो रखनी ही चाहिए। और कस्टमर्स पर इम्प्रेशन भी अच्छा रहता है।"

"ठीक है। तुम कब आ रहे हो?"

"क्या करोगी जब मैं आ जाऊँगा?" उसकी आवाज़ में फिर वही शोख़ी सुनाई देने लगी थी।

"आओ तब देखना।"

"अब तो लग रहा है जल्दी ही आना पड़ेगा!"

नैना हंस पड़ी। थोड़ी देर तक इधर-उधर की बात करते-करते फिर उसकी अगली मीटिंग का वक़्त हो गया। 'जल्दी लोटने का ट्राई करूँगा,' कहके उसने फ़ोन रख दिया।

ऐनिवर्सरी पार्टी के लिए चारों लेडीज़ की ड्रेस नैना ही डिज़ाइन कर रही थी। मॉम और माँ ने तो साड़ी की फ़रमाइश की थी, लेकिन संजना और उसने ईव्निंग गाउन पहनने का सोचा था। संजना को ईव्निंग गाउन पहनने के लिए कन्विन्स करने में बहुत टाइम लगा था। बेस डिज़ाइन तो फ़ाइनल हो गया था, और आज ड्रेस-मटीरीयल की डिलिव्री लेनी थी, तो उसे शोरूम जाना पड़ा। कल तक ड्रेसेज़ सिल कर ट्रायल के लिए रेडी भी हो जाएँगी।

घर से निकली तो सामने महावीर, सिद्धार्थ का ड्राइवर, खड़ा था।

"साहब ने कहा था आज से आपकी ड्यूटी करनी है।"

नैना ने उसे गाड़ी की चाभी पकड़ा दी। जब मार्केट पहुंची तो शोरूम के सामने गार्ड की यूनिफ़ॉर्म में एक आदमी खड़ा था। पूछने पर पता चला, सिद्धार्थ मेहरा की सिक्योरिटी टीम ने भेजा था। शोरूम पर अबसे २४ घंटे गार्ड रहेगा। सिद्धार्थ कुछ ठान लेता था तो उसे रोकना मुश्किल ही था। नैना ने गार्ड को मास्टरजी और बाक़ी दो कारीगरों से मिलवाया और फिर काम पर लग गयी।

शोरूम का वुडवर्क लगभग पूरा हो चुका था, बस अब मास्टरजी से चेक करके कल का काम डिस्कस करना था। अपने आर्किटेक्ट् से बात ख़त्म ही हुई थी, कि उसका फ़ोन बज उठा।

"हेलो।" उसने लैप्टॉप से नज़र उठाए बैगेर फ़ोन उठा लिया।

"क्या प्लान है आज का? मैं दिल्ली ऑफ़िस में हूँ।" सिद्धार्थ ने बिना हाय, हेलो के पूछा।

उसकी आवाज़ सुनते ही दिल में खुशी की लहर दौड़ गयी।

"नैना?"

"अभी तो यहाँ टाइम लगेगा। मास्टरजी से बात करनी है।"

"कितना टाइम और?"

"क़रीब एक घंटा।"

"ठीक है, मैं एक घंटे में पहुंचता हूँ, डायरेक्ट्ली डिनर पर चलेंगे। तुम्हारी मॉम को मैं बता दूँगा, वो भी अभी ऑफ़िस में हीं हैं। ओके?"

"ठीक है।"

कॉल ख़त्म करते ही, फ़ोन फिर बज उठा। विकास कॉल कर रहा था। उसको मेसेज भेजे कितने घंटे हो गए थे, अब जाके वो फ़ोन कर रहा था! बास्टर्ड! लेकिन नैना ने फ़ोन उठा ही लिया।

"उस वाहियात मेसेज का क्या मतलब समझूँ?"

"कल कैफ़े में मिलते हैं, चार बजे।"

"नहीं अभी!"

"आज मेरा कोई मूड नहीं है तुमसे बात करने का।" नैना ने उसके जवाब सुनने से पहले ही फ़ोन काट दिया।

मास्टरजी से बात करके, वो वर्कशॉप से अपने ऑफ़िस में पहुँची ही थी कि किसी ने ऑफ़िस का दरवाज़ा नॉक किया। उसने मुड़कर देखा तो सिद्धार्थ खड़ा था। उसके आने से उसका छोटा सा ऑफ़िस और छोटा हो गया। बिज़्नेस सूट में बहुत ही जँच रहा था, लेकिन थोड़ा सा थका हुआ लग रहा था।

विकास का कॉल फिर आया, तो उसने फ़ोन पलट दिया, रिंग ऑफ़ हो गयी।

"हे, बेब। थोड़ी देर हो गयी।" सिद्धार्थ ने एक पैकेट टेबल पर रखकर उसका माथा चूम लिया। "मैंने सोचा हम दोनो ही काम कर रहें हैं तो वीकडे पर लेट नाइट कहीं बाहर सूट नहीं करेगा, तो मैं तुम्हारा पसंदीदा टेक-आउट ले आया।" उसने टेबल पर जगह बनाते हुए, बैग से सामान निकालना शुरू किया।

"तो कभी और प्रोग्राम बना लेते," लैप्टॉप बंद करते हुए नैना ने कहा। उसका फ़ोन फिर बज उठा। नैना ने बिज़ी होने का मेसेज भेज कर कॉल रेजेक्ट कर दी।

"फिर तो ट्रेन छूट जाएगी मेरी ज़िंदगी की। यह सब इतने सारे क्या हैं?"

"फ़ैब्रिक की थान।"

"मेरे लिए कुछ डिज़ाइन नहीं किया?"

"तुम पहनोगे?"

"ऑफ़ कोर्स, यह तुम्हारे लिए।" सिद्धार्थ ने ऑर्किड का एक गुच्छा उसको पकड़ दिया।

"थैंक्स।" बुके ब्राउन बैग में छुपाने से ऑर्किड की एक कली लटक सी गयी थी। नैना ने संभालकर उसे गुच्छे में टिका दिया। "अरे लाइट क्यों बंद कर दी?"

सिद्धार्थ ने माचिस जलाई और टेबल के बीच में ले गया। वहाँ एक सेंटेड कैंडल रखी थी जो नैना ने नोटिस ही नहीं की थी। जल्दी ही ऑफ़िस टिमटिमाती रोशनी और भीनी-भीनी खूशबू से भर गया। उसने सिद्धार्थ की ओर देखा वो खाना अन्पैक करने में लगा था। बाल की एक लट उसके माथे पर खेल रही थी। मन किया वो उसके बाल सहला के पीछे कर दे, लेकिन नैना

ने मूट्ठी भींच ली। अगर एक बार उसको छुआ तो वो अपने को रोक नहीं पाएगी।

"क्या लोगी? पहले पास्ता या पिज़्ज़ा?" मॉम सही कहती थीं, उसके जैसा केयर करने वाला कोई नहीं था। उसे सबकी पसंद नापसंद पता थी और सबकी फ़िक्र भी रहती थी।

नैना का फ़ोन फिर से रिंग करने लगा। विकास ही था। जब बहुत देर तक नैना फ़ोन को रिंग होते देखती रही, तो सिद्धार्थ ने फ़ोन उसके हाथ से लेकर फ़ोन ही ऑफ़ कर दिया।

"क्या सर्व करूँ?" उसने कोक का कैन खोलकर उसके सामने रख दिया।

"कुछ भी," उसने धीरे से कहा।

सिद्धार्थ ने पेपर प्लेट पर दोनो ही चीज़ें सर्व करके पलास्टिक फ़ोर्क के साथ नैना को पकड़ाकर, अपनी प्लेट ले के उसके सामने बैठ गया। "किसके लिए चीयर्स करें?" उसने अपना कैन ऊपर करते हुए कहा।

"जो तुम्हारा मन।"

"तुम्हारे बिज़्नेस की सक्सेस के लिए।" सिद्धार्थ ने अपने कैन से उसके कैन को हल्के से टकराया और एक सिप लिया। "क्या हुआ, आज बहुत शांत हो?"

"कुछ नहीं।" मुस्कुराते हुए उसने फ़ोर्क उठा लिया। "ऑफ़िस में क्या चल रहा है?"

सिद्धार्थ को अपने काम से बहुत लगाव था। वो एक बार शुरू हुआ तो सब बहुत डिटेल में समझाने लगा। वो उसको बोलते हुए देखते रही। कोई भी प्रॉब्लम को ठीक से समझना और उसकी तह तक जाना कोई उससे सीखे। बीच-बीच में उसका फ़ोन कई बार बजा लेकिन उसने फ़ोन नहीं उठाया। उसका पूरा फ़ोकस नैना पर था।

"चलो कोई मूवी देखते हैं, इस वीकेंड।"

"ओके," नैना, डिस्पोज़बलस को खाली ब्राउन बैग में डालकर, टेबल को टिशू से पोछने लगी। "सब कुछ तो अरेंज कर दिया, लेकिन तुम एक चीज़ भूल गए।"

"क्या?"

"डेज़र्ट।" नैना ने ऐसे ही उसे छेड़ दिया।

"चलो, इसकी कमी भी पूरी कर देते हैं।" सिद्धार्थ ने उसके हाथ से बैग लेकर ज़मीन पर एक कोने में टिकाकर उसके सामने खड़ा हो गया।

"सिद्धार्थ? मैं तो ऐसे ही... ..." अचानक ही माहौल बदल गया। उसने एक कदम आगे लिया, तो नैना एक कदम पीछे हुई और दीवार से टकरा गयी।

वो और आगे आ गया। दोनो के बीच में अब सिर्फ़ आधे इंच की जगह थी। नैना को जैसे साँप सूंघ गया था। सिद्धार्थ के पफ़्र्यूम का हल्का-हल्का कश उसको मधहोश कर रहा था। बाँए हाथ को उसकी कमर में डालते हुए, सिद्धार्थ ने वो आधे इंच की दूरी भी ख़त्म कर दी।

दूसरे हाथ से उसका चेहरा ऊपर उठाते हुए अपने होंठ उसके होठों तक लाते हुए बोला, "क्या ख़याल है इस डेज़र्ट के बारे में?"

अनायास ही उसके हाथ सिद्धार्थ के सीने पर चले गए। शर्ट को मुट्ठी में भींचते हुए, पंजों पर उठकर अपने होंठ उसके होठों से छुआकर पीछे हो गयी। "अच्छा है।"

"बस? तुमने तो सिर्फ़ चखा ही। मैं बताता हूँ कैसे एंजोय करते हैं।"

"सिद्धार्थ, प्लीज़।" ऐसा लगा उसकी आवाज़ सिर्फ़ गले में ही फँस कर रह गयी।

सिद्धार्थ ने दोनों हाथों से उसका चेहरा उठाकर पहले माथे को चूमा, फिर आँख से होते हुए होठों पर आ गया, लेकिन इस बार वो एक किस पर नहीं रुका, अपने होठों से ठेलते हुए उसके नीचे वाले होठ को चूमा और उसे अपने बाहों के घेरे में कस लिया।

नैना ने सब कुछ भूलकर अपनी आँखें बंद कर लीं। उसको सिर्फ़ दो चीज़ों का एहसास था, एक उसके हाथ के नीचे सिद्धार्थ की धड़कनें, और दूसरा सिद्धार्थ के होठों का स्पर्श जो अब उसकी ठोड़ी से होता हुआ, गले पर था। उसके हाथ कमर को हल्के-हल्के सहला

रहे थे। नैना ज़मीन पर तब आयी जब सिद्धार्थ के हाथ उसके टॉप के अंदर स्लिप होकर उसके स्किन को छूने लगे।

"सिद्धार्थ?" नैना ने उसे पीछे धकलने की नाकाम कोशिश की।

"हम्म?" सिद्धार्थ के होंठ अब फिर उसके चिन पर थे।

"बहुत रात हो रही है। हमें घर चलना चाहिए।"

एक और गहरी सी किस उसके होठों से चुराते हुए सिद्धार्थ ने अपना चेहरा उठा लिया। "तुमने तो डेज़र्ट के मजे लिए ही नहीं," उसने नैना के बाल कान के पीछे करते हुए कहा। "इसीलिए मैं यहाँ आया था, रेस्टौरेंट जाते तो इतनी अच्छी स्वीट डिश नहीं मिलती!"

"प्लीज़, चलो घर चलें।"

"डर गयी क्या?"

"नहीं।"

"लायर।"

"चैलेंज नहीं करो, सिद्धार्थ।"

"डर तो तुम गयी ही हो।"

"ये लास्ट वॉर्निंग है।"

"ओह, ख़ाली बातों से कुछ भी नहीं होने वाला, मैडम।"

उसके जैकेट के छोर खींच के नैना ने उसके होठों पर अपने होंठ रखे ही थे, कि अगले ही पल दोनो चौंक गए, ऐसा लगा जैसे बाहर किसी ने पटाखा दाग़ दिया हो। फिर बाहर वाले रूम में दो-तीन लोगों के कदमों की आवाज़ सुनाई पड़ी। दोनो अलग होके दरवाज़े की तरफ़ मुड़े ही थे, कि दरवाज़ा झटके से खुला और, मूड्ठी और दाँत भींचे विकास घुसा। उसके पीछे-पीछे गार्ड और महावीर भी थे।

सिद्धार्थ ने लाइट ऑन कर दी और आगे बढ़कर नैना के सामने आ गया।

"हाउ रोमांटिक!" विकास बनावटी स्माइल के साथ, इधर उधर देखते हुए बोला।

"साहब, ये ज़बरदस्ती घुस आए।" गार्ड काफ़ी परेशान दिख रहा था।

"अब समझा तुम मेरा फ़ोन क्यों नहीं उठा रही।" विकास की ज़बान 'फ़ोन' शब्द पर लड़खड़ा गयी।

"साहब?"

"तुम दोनो बाहर वेट करो," सिद्धार्थ ने गार्ड और ड्राइवर से कहा।

ट्यूबलाइट की चमकीली रोशनी से विकास परेशान लग रहा था। वो बार-बार पलकें झपका रहा था, ऐसा लग रहा था कि आज भी वो नशे में था।

"नैना?" विकास ने नैना की तरफ़ कदम बढ़ाया तो सिद्धार्थ ने उसे पूरा कवर ही कर लिया, लेकिन कुछ बोला नहीं।

"विकास, मैंने पहले भी कहा था यह वक़्त नहीं है बात करने का," नैना ने सिद्धार्थ की बाँह पर हाथ रखकर आगे आते हुए कहा, "कल कैफ़े में बात करते हैं।"

"तुम्हारी हिम्मत कैसे हुई फ़ोन पर ब्रेक-अप करने की?"

"हिम्मत? यहाँ से निकल लो नहीं तो हिम्मत मैं दिखता हूँ तुम्हें," सिद्धार्थ ने फिर से आगे आते हुए कहा।

"सिद्धार्थ, प्लीज़।" नैना ने एक गहरी साँस ली। "विकास, तुम्हारा फ़ोन नहीं लग रहा था तो मैं तुमसे मिलने तुम्हारे घर आयी थी।"

विकास ठिठक गया। "मेरे घर? कब? क्यों?"

"कल, चार बजे के आस-पास। कई बार तुम्हारा फ़ोन ट्राई किया लेकिन तुम रेस्पांड नहीं कर रहे थे। मैंने तुम्हारे पापा और तुम्हारे बीच हुई बातें सुनी, विकास। मुझे नहीं लगता हमारे बीच में अब कुछ भी कॉमन है।"

विकास अपने आप को संभाल नहीं पाया, और पास वाली चेयर पर धप्प से बैठ गया।

"तुम्हें स्नेहा पसंद है तो तुम इतना तमाशा क्यों कर रहे हो। और रही बात मेरे पैसों की, तो तुम्हें शायद पता नहीं मेरे पास कुछ भी नहीं है। जो भी है मेरे पेरेंट्स का है। मेरा सारा बिज़्नेस लोन पर है।"

"नैना, वो सब–"

"जाओ यहाँ से, प्लीज़। ईट'स ओवर।" नैना ने मुँह फेर लिया और अपना लैप्टॉप बैग पैक करने लगी।

"नैना, तुम ग़लत समझ रही हो।"

"उसने कहा जाओ।" सिद्धार्थ फिर से नैना और विकास के बीच में खड़ा हो गया।

विकास ने एक-दो सेकंड तक सिद्धार्थ को घूरा, फिर चला गया।

"इडीयट!" उसके जाने के बाद सिद्धार्थ बोला, "और तुम! उसके घर अकेली कैसे चली गयी? वो भी ब्रेक-अप के लिए? बिना किसी को बताए?" उसकी आवाज़ तेज़ होती जा रही थी। कुछ मिनटों पहले का रोमैन्स तो जैसे सिर्फ़ नैना का सपना बन गया हो।

"वो फ़ोन नहीं उठा रहा था! और मैं सिर्फ़ टाइम सेट-अप करने गयी थी!" नैना का बैग पैक हो गया था, लेकिन फिर भी वो वहीं खड़ी रही, सिद्धार्थ की तरफ़ पीठ करे। पूरे वीक का इमोशनल तमाशा और फिर सिद्धार्थ की डाँट ने उसके सब्र का बाँध तोड़ ही दिया।

"टाइम सेट-उप? टाइम सेट-अप! किस दुनिया में हो? टाइम सेट-अप के लिये फ़ोन होता है, एक दो दिन रुक जाती। या समर्थ को ले–"

ना चाहते हुए भी नैना के मुँह से एक सिसकी निकल ही गयी।

"नैना?" वो अचानक चुप हो गया। "नैना, तुम रो रही हो? ओह, डार्लिंग!" उसने नैना को अपनी तरफ़ घूमाया और गले से लगा लिया।

वो कुछ बोलने की हालत में नहीं थी, और सिद्धार्थ की सिम्पथी ने उसे और ज़्यादा इमोशनल कर दिया। उसका शर्ट पकड़कर वो फूट-फूटकर रो पड़ी। सिद्धार्थ कुछ-कुछ बोलते हुए उसकी पीठ सहलाता रहा, लेकिन चाह के भी नैना से रुका ही नहीं जा रहा था।

"नैना?" सिद्धार्थ और परेशान हो गया। "प्लीज़, रो मत। आय एम सॉरी। चलो घर चलतें हैं। तुम थक गयी होगी। ठीक है?"

नैना ने ख़ुद को कंट्रोल करते हुए सिर हिला दिया।

सिद्धार्थ ने अपना रुमाल उसे पकड़ाकर उसका लैप्टॉप बैग उठा लिया। नैना की कार की चाभी उसने महावीर को पकड़ाकर, उसे अपने पीछे ड्राइव करने को कहा।

"तुमने इसीलिए गार्ड और महावीर को मेरे साथ रखा था?" नैना ने सीट बेल्ट लगाते हुए पूछा।

"हाँ,"

"तुम्हें कैसे पता वो ऐसी कुछ हरकत करेगा?"

"मैंने उसके बारे में पता लगवाया था, उन लोगों को पैसों की सख़्त ज़रूरत है। विकास और उसके फ़ादर दोनो में ही कोई क़ाबिलियत नहीं है।"

"कब कराया बैक्ग्राउंड चेक?" नैना ने बात पकड़ ली।

सिद्धार्थ ने एक लंबी साँस ली और कहा, "शादी के लिए हाँ करने से पहले।"

नैना ने आइज़-रोल तो की, लेकिन कुछ कहा नहीं। झगड़ा करने की एनर्जी नहीं बची थी उसमें शायद।

"तुम ठीक हो?" गाड़ी उसके घर के आगे रोकते हुए सिद्धार्थ ने पूछा।

"हम्म..."

"तुम्हारा डेज़र्ट मेरे पर उधार रहा," सिद्धार्थ ने उसके बाल कान के पीछे करते हुए कहा।

एक फीकी सी मुस्कुराहट के साथ नैना अपना सामान उठाने लगी।

"नाराज़ हो?"

"नहीं।" वो उतरने ही वाली थी कि सिद्धार्थ ने उसकी बाँह पर हाथ रखते हुए गाल को चूम लिया।

"कल सुबह प्रैक्टिस पर मिलें।"

"ठीक है।"

जब वो घर के अंदर चली गयी तो सिद्धार्थ ने गाड़ी अपने ग़ैराज की तरफ़ घुमा ली। आज वो कुछ ज़्यादा ही अग्रेसिव हो गया था। अगली डेट पर कुछ अच्छा सा गिफ़्ट लाना पड़ेगा।

"कैसा चल रहा है?" श्रेया ने शोरूम के ऑफ़िस में घुसते ही पूछा।

नैना ने उसका कॉफ़ी मग, जो उसने पहले से ही ऑर्डर किया हुआ था, उसकी तरफ़ बढ़ा दिया। श्रेया वेकेशन पर थी और कल ही लौटी थी।

"अब बता!" श्रेया काउच पर आराम से सेटल होकर बोली।

नैना ने उसे डेढ़ महीने की सारी दास्तान, थोड़ा सेंसर करके, बता दी। सिद्धार्थ के साथ झगड़े से लेकर, विकास के साथ ब्रेक -अप तक, यहाँ तक कि उसने राधिका की मम्मी के कॉल के बारे में भी बता दिया। जब तक नैना की बात ख़त्म हुई तब तक उसकी कॉफ़ी ठंडी हो चुकी थी, वो मग पकड़े अपने ख़यालों में गुम बैठी रही।

श्रेया ने मग टेबल पर रख दिया। "ओके, राधिका को तुम भूल जाओ। अपने दिमाग से बिलकुल निकाल दो उसे। लेट्स फ़ोकस ऑन सिद्धार्थ, अब वो कैसा लगता है तुम्हें?"

"सब तो ठीक है पर ऐसा लगता है हम अभी भी बचपन के साये में जी रहे हैं, कुछ मिसिंग लगता है। जैसे हम दोनो कनेक्ट तो करते हैं लेकिन जो शिद्दत होनी चाहिए, है नहीं।"

"तो तू ही पैदा कर दे शिद्दत! किसने रोका है? सब तरफ़ से तो ग्रीन सिग्नल है!"

"मैं?"

"हाँ। जैसा कि तुम ने बताया, सारी पहल तो सिद्धार्थ ने ही की है। सारे डिनर उसने प्लान किए, हमेशा वो ही तुम्हें फ़ोन करता है। तुम्हारी सिक्योरिटी भी उसने सिंगपोर से अरेंज कर दी। पर तूने उसके लिए अभी तक क्या किया?"

श्रेया के सवाल ने उसे सोच में डाल दिया।

"हो सकता है वो बहुत स्ट्रॉंगली तेरे पीछे ना पड़ना चाहता हो? तुम्हारा कैज़ूअल सा ऐटिटूड उसको पीछे खींच रहा हो। तुम्हें भी तो उसे कोई हिंट देनी चाहिए कि तुम भी उसे पसंद करती हो। मुझे तो लगता है बचपन को पीछे छोड़कर, डू समथिंग हॉट, नैना!"

"कम ऑन, श्रेया!" नैना ने हिचकिचाते हुए कहा।

"और क्या, गो ऑल आउट, नैना! बी अ सेक्सी साइरन, आग लगा दो, फिर देखें हमारे सिद्धार्थ बाबू बचपन को कैसे याद करते हैं।"

"तू पागल है!"

"नहीं यार, अच्छा सुन, मैं बताती हूँ क्रूज़ पर तुम क्या करना।"

श्रेया उसे अपने आइडीयाज़ समझाती रही, लेकिन नैना नहीं मान रही थी, इतने में संजना आ गयी।

"हे गर्ल्स!" नैना ने आज गाउन की फ़िटिंग लेने के लिए संजना को भी बुलाया था।

"हाय, संजना! क्या चल रहा है?"

"मुझे जोकर बनाने जा रही है नैना," संजना ने चश्मा नाक पर खिसकाते हुए कहा।

"तुम मुझे स्टेज पर ले जा रही हो, इसके बदले तुम्हें ड्रेस-अप करना ही होगा।" नैना ने मैंनेकुइन से गाउन उतारा, और संजना के आगे लगाया।

"वाओ! यह कलर और डिज़ाइन कितना फब रहा है तुझे!" श्रेया ने कहा।

"पीछे ट्राइयल रूम है, इसे ट्राई करो, मैं वर्कशॉप से थोड़ी सी सेफ़्टी पिन्स ले कर आती हूँ।"

नैना जब पिन्स ले कर आयी तो दोनो कुछ खुसर-पुसर कर रहीं थीं। "अरे चेंज नहीं किया?"

"नैना, मैंने संजना को सब समझा दिया है, यह तुम्हारी हेल्प कर देगी!"

"श्रेया! हाउ कुड यू?"

"क्यों, मेरे से क्या छुपाना? मैं तो चाहती हूँ कि भाई और तुम्हारी सेटिंग हो जाए।"

"सेटिंग तो हो गयी है, माय डियर, अब बस ऐसा ग़्लु लगाना है कि ज़िंदगी भर ना छूटे!"

अगले फ्राइडे क्रूज़ शुरू होना था, तो सारी तैयारी पक्की करने के लिए माँ ने थर्सडे डिनर पर सबको आठ बजे अपने घर पर ही बुला लिया। जब नैना, अपनी मॉम के साथ डाइनिंग रूम में आई तो समर्थ और संजना किसी बात पर लड़ रहे थे। पापा और डैड का मेसेज आया था, कि थोड़ा लेट होंगे। वो दोनो भी साढ़े आठ तक आ गए, लेकिन सिद्धार्थ अभी भी ऑफ़िस से चला नहीं था। उसके इतज़ार में बहुत देर तक सब सूप पर गप्पें मारते रहे। नैना ने अपने नाइट-सूट के ऊपर माँ और मॉम की साड़ी की मॉडलिंग भी कर दी, लेकिन वो नहीं आया। हार कर जब माँ ने सबको डाइनिंग टेबल पर आने को कहा, तब उसकी गाड़ी की गेट में घुसने की आवाज़ सुनाई दी।

"लीजिए, आ गए आपके साहबजादे," पापा ने कहा।

सिद्धार्थ, सॉरी-सॉरी बोलते हुए, अपना लैप्टॉप वहीं काउच पर फेंककर, किचन में हाथ धोकर, टेबल पर बैठ गया। "अब बताओ मैंने क्या मिस किया?"

"नैना का फ़ैशन शो," समर्थ बोला।

उसने बगल में बैठी नैना को ऊपर से नीचे देखा। "सबको सुलाने के लिए?"

नैना के उसको ज़ोर से कोहनी मारी।

"तुम्हें यह प्रोजेक्ट अभी ही क्यों शुरू करना था?" माँ आज पूरी भरी बैठी थी।

"माँ, मौक़ा छोड़ना थोड़े ही ना है!"

"छोड़ने को नहीं बोल रही हूँ। टाइम मेनेजमेंट भी कोई चीज़ होती है कि नहीं?"

वो माँ को समझाने और मनाने में लग गया। हालाँकि पापा और डैड उसकी पैरवी कर रहे थे, पर नैना को भी उस पर दया आने लगी। कितनी मेहनत कर रहा था–ना खाने की फ़िक्र, ना रेस्ट करने की। सुबह उन लोगों के साथ डान्स प्रैक्टिस कर रहा था, फिर पूरा दिन ऑफ़िस करके देर रात ही घर आ रहा था। नैना को लगा उसकी तरफ़ से बोले, लेकिन फिर सब उसे छेड़ने लगते। अजीब सा, मीठा सा अहसास था। लग रहा था जैसे वो दोनो एक ही हों।

"तुम शिकायत नहीं कर रही?" जब माँ शांत हो गयी और सब खाने में लग गए, तो वो उसकी तरफ़ मुड़कर बोला, "मन है तो बोल लो।"

नैना ने उसकी तरफ़ उड़ती हुई नज़र डाली, फिर मुस्कुराकर रह गयी।

"उफ़, ये शिकायत तो और भी जान-लेवा है।"

"अच्छा, ज़्यादा डायलॉग मारने की ज़रूरत नहीं है," नैना फुसफुसाई।

"मेरे लिए कुछ डिज़ाइन किया?"

"हाँ, लेकिन तुम्हारे डिज़ाइनर्स से भी एक आउट्-फ़िट ले ली है, अगर तुम्हें मेरा वाला पसंद नहीं आया तो तुम्हारे पास चॉयस रहेगी।"

"मैं तो तुम्हारा वाला ही पहनूँगा।"

"तो ठीक है, कल सुबह आठ बजे रेडी रहना है," डिनर के बाद पापा ने कहा, "गर्ल्स, टाइम पर चल देना है, सारी तैयारियाँ आज रात ही कर लेना।"

"अम … पापा, मेरी एक और मीटिंग आ गयी है। एडवर्ड आज नहीं कल शाम जा रहा है। उसने कुछ और डिटेल्स माँगी है। मैं परसों डीयू से बोर्ड करूँगा, जहाँ बीच में शिप डॉक करेगा।"

"क्या!" माँ की त्योरियाँ फिर से चढ़ गयी।

"माँ प्लीज़, अगर यह डील हो गयी तो हमारा रेवेन्यू अगले पाँच साल के लिए डबल हो जाएगा। पापा को पता है।"

माँ जो बर्तन सामने था उसे ही उठाकर किचन में चली गयीं।

क्रूज़ शिप पर जिनको आना था आ चुके थे।

शिप का एक लेवल उनके ग्रूप के लिए बूक्ड था। संजना नैना को खींचकर केबिन में ले गई, जो वो दोनो शेअर कर रहे थे। पूरा दिन एक बोझ सा लग रहा था। आज के लिए श्रेया ने बड़ा सही प्लान बनाया था, लेकिन सब गड़बड़ हो गया।

उनके ग्रूप में तो सब सिद्धार्थ के रिलेटिव्स ही थे। सबने माँ और संजना को इन्वोल्व करके रखा हुआ था। नैना मॉम के साथ जिम गयी, फिर स्पा करवाया। दिन तो जैसे-तैसे गुज़र गया। रात का डिनर सबके साथ पूल साइड पर था। कोई ड्रेस कोड नहीं था तो नैना ने सिम्पल ब्लैक सिकुइंस का पलाज़्ज़ो के साथ सफ़ेद लेस टॉप पहन लिया। बालों को खुला छोड़, सिर्फ़ हल्का सा मस्कारा और लिप-ग्लॉस के साथ वो जल्दी ही तैयार होकर ऊपर डेक पर चली आयी।

एक्का दुक्का लोग गोल टेबलों पर बैठे हुए थे। रात के अंधेरे में छत से लटके हुए छोटे-छोटे कंदील जैसे झाड़फ़ानूस बहुत ही लुभावने लग रहे थे। एक कॉर्नर में म्यूज़िशन अपने इन्स्ट्रूमेंटस चेक कर रहे थे। उनके पास में ही डाँस फलोर का भी इंतजाम था।

मॉम अभी ऊपर नहीं आई थीं, और संजना अभी तैयार हो रही थी। सिद्धार्थ की बुआ माँ को पता नहीं किस बात में उलझाए हुई थी। नैना, माँ की टेबल की तरफ़ चलने लगी कि तभी बुआ की आवाज़ उसके कानों में पड़ी।

"सिद्धार्थ के लिए पूजा कैसी रहेगी, गीता? यहाँ आयी है, दोनो मिल लेंगे अभी का अभी, कहो तो बात चलाऊँ? बहुत सुंदर है और घर में बैठने वाली।"

सिद्धार्थ का नाम सुनते ही नैना पास वाले पिलर के पीछे हो गयी।

"अच्छा? उससे पूछना पड़ेगा, दीदी। आपको तो पता है, आजकल के बच्चों की अपनी ही सोच होती है।"

"हाँ, हाँ लेकिन अठाईस साल का तो हो रहा है और कितनी देर करोगी?"

"दीदी, मैं उससे पूछके ज़रूर बताऊँगी आपको।" माँ कुछ बहाना बनाकर पापा की तरफ़ चल दीं।

नैना को पता नहीं क्यों गुस्सा आने लगा था। माँ की ऐनिवर्सरी पार्टी में सब माँ को ही परेशान क्यों कर रहे थे? माँ कहीं भी एंजोय नहीं कर पा रहीं थीं। एक टेबल से दूसरे टेबल सिर्फ़ लोगों का ख़याल ही रख रहीं थीं। सब लोग एक दूसरे के ज़िंदगी में टाँग क्यों अड़ाते रहते हैं? जैसे और कोई काम ही नहीं है।

"क्या सोच रही है मेरी वुड-बी भाभी?" समर्थ ने पीछे से बोला।

"शश... क्या बोल रहे हो समर्थ! भाभी बिलकुल नहीं बोलना! और बुआ ने सुन लिया तो नाराज़ हो जाएँगी। किसी लड़की का रिश्ता आया है सिद्धार्थ के लिए। पूजा कौन है यहाँ पर?"

समर्थ हंस पड़ा। "सब बकवास, चलो एक-एक ड्रिंक लेते हैं।" वो उसे बार काउंटर की तरफ़ खींच के ले गया।

नैना को पता था समर्थ बात को अवॉएड ही करेगा, तो उसने संजना को ढूँढकर पूजा का पता लगा ही लिया। सुंदर तो थी वो, लेकिन थोड़ी सुस्त। हर चीज़ अपनी मम्मी से पूछकर करना था उसे। थोड़ी देर में, नैना और संजना, दोनों ही बोर हो गए, तो समर्थ के साथ जाकर बैठ गए।

किसी बात पर नैना हँसते हुए मुड़ी तो देखा समर्थ की चाची उसे घूर रहीं थीं। लेकिन जैसे ही उनकी नज़र नैना से मिली उन्होंने मुँह घूमा लिया। धीरे-धीरे नैना को समझ आया कि लगभग सभी उससे और उसकी मॉम से कट-कट कर बात कर रहे थे। सिद्धार्थ के रिश्तेदारों से वो बहुत दिनों बाद मिल रही थी, लेकिन ऐसा अजीब सा बर्ताव उसने पहली बार महसूस किया था।

"मॉम, आपको यहाँ कुछ गड़बड़ नहीं लग रहा है?" नैना ने मॉम की टेबल पर बैठते हुए कहा।

"क्या गड़बड़?"

"सिद्धार्थ की बुआ और चाची कुछ ज़्यादा ही मेहरबान नहीं हैं हम पर? आपकी टेबल पूरी आपके लिए ही छोड़ दी? कोई हमसे

बात ही नहीं कर रहा, सब हमें पूरा स्पेस दे रहे हैं, रिलैक्स होने के लिए।"

मॉम हंस पड़ीं। "अब लग रहा है कि मेरी बेटी बड़ी हो गयी है।"

आँखें सिकोड़ते हुए नैना ने मॉम को ध्यान से देखा। "ज़्यादा तो नहीं पी ली आपने?"

मॉम खिलखिलाकर हंस दी। "यह लोग तो तब से ऐसे ही हैं जब से हमने एक साथ घर बनवाए थे, तुमने अब नोटिस किया है। गीता की सिल्वर जुबली तुम्हें याद नहीं? बिलकुल ऐसा ही था। गीता की फ़ैमिली फिर भी ठीक है, लेकिन किशोर की बहनें और भाभी पूरी तरह हमसे जेलस रहते हैं। बट, वी शुडन्ट केयर। तुम एंजोय करो। दो दिन की ही तो बात है। जल्दी गुज़र जाएँगे।"

"नैना, चलो थोड़ा प्रैक्टिस कर लेते हैं," संजना हाथ पकड़कर उसे ज़बरदस्ती ले गयी। "भाई का तो पता ही नहीं कहाँ है, लगता है तुम्हें अपना डान्स समर्थ के साथ ही करना पड़ेगा।"

"क्या ज़रूरत है, नहीं करने से भी चलेगा।"

थोड़ी देर बाद नैना ने वाशरूम का रुख किया। उसने दरवाज़ा खोला ही था, कि उसे अपना नाम सिद्धार्थ की छोटी बुआ के मुँह से सुनाई पड़ा। "यह सपना की बेटी, नैना, समर्थ के पीछे तो नहीं पड़ी है?"

"लग तो रहा था, लेकिन वो तो उससे छोटा है ना?" चाची बोली।

"हाँ, वो छोटी सी थी जब समर्थ और संजना पैदा हुए थे। ऐसा याद पड़ता है, कि चलने लगी थी।"

"फिर तो दो साल बड़ी होगी, फिर भी उसके पीछे पड़ी है?"

"आजकल तो सब बड़े मार्डन हो गए हैं। पता नहीं क्या चक्कर है, और क्यों इतना सिर पर चढ़ा कर रखा हुआ इस परिवार को। अपना तो दोनो जनें काम करते हैं, और बेटी को पालने का काम मढ़ दिया है गीता के ऊपर, और अब लगता है लड़की भी हमारे लड़के के पीछे पड़ी है।"

नैना और नहीं सुन पाई, पलटकर अपने केबिन में चली गयी। चाहे मॉम कुछ भी कहें इतनी बेइज़्ज़ती उसकी कभी नहीं हुई थी।

ऐसा सोचती होगी दुनिया उनके बारे में, उसने कभी सपने में भी सोचा नहीं था। अब तो वो उन लोगों के साथ बिलकुल भी नहीं बैठेगी। सबसे अच्छा है कुछ कम्फ़र्टबल पहनकर खाना केबिन में ही मंगा लिया जाए और यहीं चिल्ल करे। और उसने वही किया।

थोड़ी देर बाद संजना भी भुनभुनाती हुई आ गयी। "तुम यहाँ बैठी हो, दिस इज़ नॉट फेअर!" उसने नैना के प्लेट से सैंड़विच उठा लिया।

"अरे तुम ऊपर से खा के नहीं आयी?"

"खाना कहाँ है मेरी क़िस्मत में, मेरे रिश्तेदार भी ना! माँ भी सबको इतना सिर आँखों पर बैठा कर रखती हैं, कि मन करता है अपने बाल नोच लूँ। इसके लिए ये ले आओ, उसके लिए वो अरेंज कर दो। दो घंटे से एक जगह पर बैठी नहीं हूँ।"

"तुम्हें पूजा कैसी लगी?"

"तुम्हें जेलेसी नहीं होनी चाहिए। भाई लव्स यू। और एक बार भाई ने कमिट्मेंट कर दी तो कर दी।"

लगता था संजना ने छुप-छुप के सिर्फ़ पिया ही था, खाया कुछ भी नहीं। "अच्छा मुझसे तो कभी कहा नहीं।"

"वो थोड़ा शाई टाइप का है।"

नैना खिलखिलाकर हंस पड़ी, लेकिन बोली कुछ नहीं। संजना पर उसके भाई के इम्प्रेशन को वो डेंट नहीं लगाना चाहती थी।

"क्यों? हंस क्यों रही हो? सच कह रही हूँ।" संजना बेड पर लेट गयी, और रिश्तेदारों के बारे में बड़बड़ाते हुए सो गई।

अगले दिन सिद्धार्थ का कॉल आया कि वो उस दिन भी नहीं आ पाएगा। सीधे मुंबई में ऐनिवर्सरी पार्टी पर आएगा। नैना का ही नहीं सबका मूड ऑफ़ हो गया। माँ तो पापा पर ही बरस पड़ी, जबकि पापा की तो कोई गलती ही नहीं थी। यह अकाउंट तो सिद्धार्थ का ही था, वो ही काम को ना नहीं बोल पाता था।

सारा दिन नैना शिप पर अकेले ही रही। डियू घूमने भी नहीं गयी, वैसे भी उसका घूमा हुआ था। समर्थ और संजना को अपने कज़िनस के साथ शहर जाना ही पड़ा, सबका लंच वहीं किसी होटेल में था।

रात में कल्चरल प्रोग्राम क्रूज़ के आयटेनरी के हिसाब से शिप पर सारे गेस्ट्स के साथ था।

सुबह की शहर की सैर से तो उसको छूट मिल गयी थी, लेकिन शाम को तो उसे जाना ही पड़ेगा। उसने ख़ुद का डिज़ाइन किया हुआ किमोनो स्टाइल का ड्रेस पहना था—मेरून ब्रोकेड और उसी कलर के प्लेन सिल्क का कॉम्बिनेशन। बालों को फ़्रेंच नॉट में बाँध कर, चेहरे को सॉफ़्ट-लुक देने के लिए उसने कुछ लटों को दोनो कानों के उपर से निकालकर चिन तक छोड़ दिए। श्रेया ने कहा था थोड़ा सा सोफ़िस्टिकेटेड दिखना, इसीलिए मेकप भी हल्का ही किया था। लेकिन क्या फ़ायदा जिसके लिए इतनी प्लानिंग की वो तो देखेगा ही नहीं!

वो कानों में अपने डायमंड लूप्स पहन ही रही थी कि किसी ने दरवाज़ा खटखटाया। अब कौन है? पक्का संजना कुछ भूल गयी होगी। दरवाज़ा खोला तो चौंक गयी। सामने सिद्धार्थ खड़ा था। उसने कपड़े भी चेंज कर लिए थे। काले चायनीज़ कॉलर वाला कोट नैना ही पिछले साल उसके लिए लाई थी। मन हुआ उसके गले लग जाए, फिर बुआ की बात याद आ गयी, वो पलटकर शीशे के सामने खड़ी हो गयी, और आइ-लाइनर उठा लिया। "तुम इतनी रात कैसे आ गए? बीच समंदर में?"

जब सिद्धार्थ ने कोई जवाब नहीं दिया तो उसने पलटकर देखा। केबिन का दरवाज़ा बंद करके वो वहीं टिका खड़ा था। आँखों में थकान, लेकिन चेहरे पर वही स्माइल थी जब वो उस रात डेज़र्ट के लिए छेड़ रहा था। नैना का दिल बिलकुल पिघल गया। पता नहीं कितने जतन करके वो यहाँ आया होगा, और नैना उसको उस चीज़ की सज़ा दे रही थी जिसके बारे में उसे पता भी नहीं।

उसकी बुआ की ऐसी की तैसी!

ब्रश को बॉटल में बंदकर वो दो कदम आगे बढ़ी और उसके गले से लिपट गयी।

सिद्धार्थ को थोड़ा टाइम लगा शॉक से निकलने में, फिर उसने भी नैना को ज़ोर से अपनी बाहों में कस लिया। "पता होता इतना अच्छा वेल्कम मिलेगा तो मैं सब कुछ छोड़कर और पहले ही आ जाता।"

नैना ने उसके गाल पे नज़ल करते हुए कहा, "तुम तो कल आने वाले थे ना?" शेव करने की ज़रूरत थी उसे।

"चॉपर का अरेंज्मेंट किया जल्दी आने के लिए। तुम्हारे लिए मैंने इतने फ़ेवर्ज़ लिए और तुम यहाँ पर छिपी बैठी हो। पर अच्छी बहुत लग रही हो।"

"हेलिपैड है शिप पर?"

"हम्म... सवाल छोड़ो! कम ऑन, गिव मी अ किस।"

"अभी कुछ नहीं मेकअप ख़राब हो जाएगा।" उसने मुस्कुराते हुए फिर से आइ-लाइनर का ब्रश निकाल लिया।

"कुछ बदली, बदली सी लग रही हो।"

उसकी बात इग्नोर करके सैंडल्ज़ पहनने के लिए बेड पर बैठ गयी। श्रेया ठीक ही कह रही थी, उसे ख़ुद ही थोड़ी मच्योरिटी दिखानी पड़ेगी, तभी वो उसे उस तरह से नोटिस करेगा।

"सब तुम्हें बहुत देर से ढूँढ रहें हैं। मुझे भेजा तुम्हें लाने के लिए। बाई गॉड, आय एम सो टायर्ड।" सिद्धार्थ संजना के बेड पर लेट गया, और फ़ोन पर कोई नम्बर डाइल करते हुए बोला, "हाँ माँ, नैना मिल गयी। हाँ, ले कर आ रहा हूँ।"

"इसका क्या मतलब, नैना मिल गयी? छोटी बच्ची हूँ क्या?"

"ट्रस्ट मी, तुम्हें देखकर मुझे कोई बच्चों वाले ख़याल नहीं आ रहे।" उसने लेटे-लेटे नैना पर ऊपर से नीचे एक नज़र डाली।

जिस तरह से वो देख रहा था, लग रहा था कि श्रेया का प्लान वर्क कर रहा था। नैना को थोड़ा मज़ा भी आ रहा था, और थोड़ी शर्म भी, लेकिन उसने अपनी नज़रें नीचे नहीं करीं।

तभी सिद्धार्थ का फ़ोन रिंग करने लगा। संजना उन दोनों को ऊपर बुला रही थी। "चलें, मैडम, नहीं तो सब यहीं आ जाएँगे," उसने उठकर नैना की नाक पर टैप करते हुए कहा।

"बस एक सेकंड।" शीशे में उसे देखते हुए नैना ने परफ़्यूम की बॉटल उठा ली। उसकी बुआ के शब्द फिर से उसके कानों में गूँजने लगे। "तुम्हारी बुआ ने तुम्हारे लिए लड़की ढूँढ ली है।" पफ़्र्यूम उँगलियों पर लेते हुए हल्का सा कलाई, और गले पर लगाया, और

उठ खड़ी हुई। "मैं उससे मिल भी ली। बहुत सुंदर है। बिलकुल गाय है, गाय। तुम्हारा बहुत ख़याल रखेगी, और माँ की भी सेवा करेगी।"

"ओह, इसीलिए तुम यहाँ बंद थी? कोप भवन में," उसने छोटे से केबिन पर नज़र डालते हुए कहा।

दोनो हंस पड़े। सिद्धार्थ का फ़ोन फिर से बजने लगा। "चलो, छोड़ो यह सब, जल्दी चलो।" सिद्धार्थ उसे खींचते हुए ऊपर ले गया।

डेक पर पार्टी अपने ज़ोरों पर थी। सिद्धार्थ को देखते ही सबने उसे घेर लिया। नैना कहीं पीछे ही रह गयी। इतनी जल्दी उन दोनों को प्राइवसी नहीं मिलने वाली थी। मोहीतो का ग्लास लेकर नैना ने भीड़ से दूर एक खाली टेबल पर क़ब्ज़ा जमा लिया।

"है?" किसी ने रेलिंग के पास से पुकारा।

नैना ने मुड़कर देख तो, सिद्धार्थ के अनगिनत कजनस में से एक, रोहन खड़ा था।

"हाय।" नैना उससे कल मिल चुकी थी। लम्बा-चौड़ा, हैंडसम, बहुत ही अच्छा पर्सन था।

"मे आय?" रोहन ने बैठने के लिए इजाज़त माँगी। रोहन एयर-फ़ोर्स में ऑफ़िसर था, इसीलिए एटिकेट उसमें कूट-कूट के भरा था।

"प्लीज़," नैना ने सिर हिलाकर चेयर की तरफ़ इशारा कर दिया।

"कुछ ज़्यादा ही शोर मचा रहे हैं सब, है ना?" रोहन ने अपने रिलेटिव्ज़ की तरफ़ देखा जहाँ कोई गेम चल रहा था।

"गेम ऐसा ही है।"

"तुम नहीं खेल रही।"

"मैं थोड़ी देर से आई।" सच तो ये था कि बुआ की बात सुनकर उसका मन नहीं था, उन लोगों के साथ घुलने मिलने का। "और तुम?"

"मैं तो फ़र्स्ट राउंड में ही आउट हो गया।" वो हंस पड़ा।

नैना भी मुसकरा दी।

"नहीं, यह सही नहीं। मैं तुम्हें यहाँ देखकर जान कर आउट हो गया।"

सिद्धार्थ सबका हाल चाल पूछकर और अपने बारे में सबकी उत्सुकता शांत करके जब फ्री हो पाया, तो नैना ग़ायब हो चुकी थी। बुआ ने सचमुच कुछ रूड कहा होगा। वो पहले भी नोटिस कर चुका था। उसके रिश्तेदारों के मुँह पर कोई ब्रेक ही नहीं था।

इधर-उधर नज़र दौड़ाई, तो वो भीड़ से अलग, रोहन के साथ रेलिंग के पास खड़ी कुछ देख रही थी। दोनों कुछ ज़्यादा ही क़रीब थे। रोहन दूर आसमान में कुछ दिखा रहा था। शायद नैना को समझ नहीं आया, तो उसने नैना के कंधों पर हाथ रखकर उसने अपना हाथ उसके आँखों के लाइन पर पोईंट किया। सीने में अजीब सी हरे रंग की बेचैनी ने सिद्धार्थ को हैरान कर दिया। कब वो नैना को लेकर इतना पज़ेसिव हो गया? अगले ही पल उसने नेगेटिव ख़याल दिमाग से निकाल दिया। विकास की बात कुछ और थी, रोहन कभी अपनी लाइन क्रॉस नहीं करेगा।

"वो कल से नैना को इम्प्रेस करने की कोशिश में है," समर्थ ने ड्रिंक का ग्लास उसको पकड़ाते हुए कहा, "तुम्हारी गाड़ी कहाँ तक पहुंची, भाई?"

उस एक पल में सब क्लीयर हो गया। नैना उसके लिए हमेशा से ही बहुत स्पेशल थी, लेकिन आज दिल ये चाहने लगा था कि वो सिर्फ़ और सिर्फ़ उसी के साथ हो, और अचानक लगने लगा था कि यह बात सबको पता भी होनी चाहिए।

"भाई?" समर्थ ने आँखें सिकोड़ी।

"स्टेशन आने ही वाला है।" सिद्धार्थ ग्लास से सलूट करके उन दोनों की तरफ़ चल पड़ा।

"अरे सिद्धार्थ, कहाँ जा रहा हो? एक मिनट यहाँ आना, बेटा।" बुआ ने उसे अपनी टेबल पर बुला लिया। समर्थ मुँह दबाकर हँसने लगा। जैसा नैना ने कहा था बुआ उसे पूजा से मिलवाना चाहती थी। थोड़ी देर तक सबको झेलने के बाद उसने फिर से डेक को स्कैन किया तो नैना कहीं नज़र नहीं आयी। सिद्धार्थ ने उसे मेसेज भेजा। 'कहाँ हो तुम?'

'क्यों सीधी-साधी पूजा अच्छी नहीं लग रही?' नैना का जवाब तुरंत आया।

'मुझे तो एक सिरफ़ीरी सी लड़की अच्छी लगती है।'

'तो जाओ, फिर उसी से बात करो।'

'दिख नहीं रही, लगता है बहुत सारे दीवाने हैं उसके। पता है कहाँ मिलेगी?'

सिद्धार्थ वेट करता रहा लेकिन फिर उसका जवाब नहीं आया।

"पूजा बेटा, सिद्धार्थ के लिए कुछ खाने के लिए ले आओ," बुआ ने कहा।

"आप क्या लेंगे?" पूजा ने आँखें चुराते हुए पूछा।

'उफ़, और नहीं झेल सकता,' उसने सोचा, लेकिन सिर हिला दिया। तभी उसका फ़ोन बीप हुआ। 'पार्टी के बाद सबसे ऊपर वाले डेक पर।' नैना ने लिखा था।

"नहीं, कुछ नहीं। एक्स्क्यूज़ मी।" सिद्धार्थ पूजा को हल्की सी स्माइल देकर उठ गया, लेकिन पुणे वाले मामाजी ने उसे फिर घेर लिया।

थोड़ी देर बाद उसने फिर से हॉल में निगाह घुमाई तो नैना अक्षय से बात कर रही थी।

रात के बारह बजे के बाद ही वो फ्री हो पाया। सब बड़े लोग तो जा चुके थे। लेकिन उसके कज़िन्स बार पर डेरा जमाय बैठे थे। लड़कियों का तो नमोनिशान नहीं था। सबका साथ देते-देते उसने भी काफ़ी पी ली थी, लेकिन इतना नहीं कि नैना से मिलने का जोश कम हो। किसी तरह से सबसे पीछा छुड़ाकर जब वो

ऊपर वाले डेक पर पहुँचा तो वो कहीं दिखाई नहीं दी। सामने खुला आकाश और पानी, और एक तरफ़ एक छोटा सा केबिन।

"आख़िर तुम आ ही गए।"

सिद्धार्थ ने मुड़कर देखा तो उसका नशा और भी बढ़ गया। नैना ने कपड़े चेंज कर लिए थे, आसमानी नीली साड़ी में वो ग़ज़ब लग रही थी। समुद्र के नमकीन झोंके उसके बालों को हल्के-हल्के उसके गालों पर लहरा रहे थे। जिन्हें वो बार-बार झटक रही थी लेकिन वो फिर भी उसको छेड़ने से बाज़ नहीं आ रहे थे। परेशान होकर वो सबको इखट्ठा करके सामने ले आयी और उसके बिलकुल पास आकर खड़ी हो गयी। मोगरे की भीनी-भीनी ख़ुशबू सिद्धार्थ की साँसों में समाने लगी।

"मारने का इरादा है क्या?"

"अब वक़्त आ गया है कि तुम मुझे मेरे सही रूप में देखो, जिससे कि तुम्हें पूजा और मुझ में फ़र्क़ नज़र आए। फ़ैसला करने में आसानी होगी कि तुम्हें कौन चाहिए।"

"मैं तो पहले ही पसंद कर चुका हूँ, एक सिरफ़ीरी को, और वो इस रूप में हो तो सोने पर सुहागा।" सिद्धार्थ ने एक ऊँगली उसके गाल पर लहराते हुए गले पर ले गया। वो और नीचे ले जाता लेकिन नैना ने उसका हाथ पकड़ लिया।

"फिर भी। आज रात के बाद छूटने का कोई और मौक़ा नहीं मिलेगा।"

"ब्रिंग इट ऑन, मैं फ़ंसने को तैयार हूँ।"

नैन हंस पड़ी, और उसका हाथ पकड़कर केबिन के अंदर ले गयी।

वो एक पार्टी लाउंज सा था, जिसमें चारों तरफ़ शीशे की दीवारें थी। ज़्यादा से ज़्यादा बीस लोगों के लिए। तीन तरफ़ सोफ़े और काउच थे जिसमें बैठकर समुद्र का नज़ारा लिया जा सकता था, और चौथी साइड में बार काउंटर था, जिसके पास एक वेटर खड़ा था। हर एक कॉफ़ी-टेबल के बीच में एक बड़ी, मोटी सी कैंडल जल रही थी।

नैना उसे एक टेबल पर ले गयी, तो वेटर ने अलग-अलग टाइप के स्नैक्स और ड्रिंक्स लगा दिए। नैना ने उसे थैंक्स कर के टिप किया, फिर वो वहाँ से ग़ायब हो गया।

"यह क्या? ड्रिंक्स कहाँ हैं?" टेबल पर सिर्फ़ सॉफ्ट ड्रिंक्स ही थे।

"सिर्फ़ कोक मिलेगा। सारी शाम तुमने पिया ही है, कुछ खाया नहीं। कितने थके हुए लग रहे हो, पता भी है?" साइड में सोफ़े पर बैठकर उसने सिद्धार्थ की प्लेट में कबाब डाल दिए। "लास्ट खाना कब खाया था?"

"याद नहीं। लेकिन तुमने कब नोटिस किया, पूरी शाम कभी रोहन और कभी वो इडीयट स्कूल-बॉए अक्षय के साथ बिज़ी थी।"

नैना खिल-खिलाकर हंस पड़ी। "अक्षय कॉलेज से निकलने वाला है, उसकी तो जॉब भी लग गयी है कैम्पस से। तुम्हें जेलेसी हुई क्या?"

"हाँ।"

"गुड।"

"तो तुम जानकर मुझे इग्नोर कर रही थी।"

"तुम्हारे पास टाइम ही नहीं था। कितने लोग तुम्हें घेरे हुए थे, साथ में पूजा भी तो थी।" नैना ने मुस्कुराते हुए उसकी प्लेट में मशरूमस भी डाल दिए।

"तुम तो कुछ खा ही नहीं रही?"

"मैं तो आज सिर्फ़ डेज़र्ट खाऊँगी।"

सिद्धार्थ ने चौंककर प्लेट से उसकी तरफ़ देखा, लेकिन इस बार उसने नज़र नहीं झुकाई। "प्रॉमिस?"

"पक्का प्रॉमिस," नैना ने हल्के से कहा।

"केयरफुल मिस नैना, कदम पीछे नहीं हटना चाहिए।"

"कभी नहीं।"

"तो इधर आओ।" सिद्धार्थ ने अपने पास काउच पर थपकी दी।

"मैंने सोचा एक बार कल के डान्स की प्रैक्टिस कर लें?"

सिद्धार्थ ने एक और कबाब मुँह में डाला, और उठके हाथ आगे बढ़ा दिया। मोबाइल पर म्यूज़िक लगा के नैना ने अपना हाथ

उसके हाथ में दे दिया। अभी आधा गाना ही हुआ था और स्टेप्स के हिसाब से जब सिद्धार्थ का हाथ उसकी कमर पर गया तो वो उसे छोड़ ही नहीं पाया।

"तुम कितनी सेक्सी लग रही हो, तुम्हें पता है?" उसने उसके कान में कहा, "मैं सारे स्टेप्स भूल गया हूँ।" उसके हाथ उसकी कमर पर थे, पर धड़कन दिल की बढ़ रही थी।

"फिर कल कैसे करेंगे?" वो बेदम होते हुए बोली।

"कल सब हमें देख रहें होंगे, तो तुम मुझ पर कोई जादू नहीं चला पाओगी।"

वो हल्के से हंस पड़ी। "यह मेरा जादू है, या जो तुमने अपने कज़िनस के साथ बैठकर मस्ती की है, उसका नतीजा?"

"कुछ तो किया है तुमने।" अपने हथेली से चेहरा ऊपर करके सिद्धार्थ ने उसके होठों को चूमा, लेकिन फिर वो रुक नहीं पाया। नैना का एक हाथ उसकी कलाई पर था और एक कोट पर, दोनों के पाव लड़खड़ा गए, और उन्हें काउच का सहारा लेना पड़ा। सिद्धार्थ के होंठ उसके पूरे बदन को महका रहे थे। कौन साँस ले रहा था, और कौन आहें, कुछ पता नहीं था। दोनों के हाथ एक दूसरे पर थे, कोई होश बाक़ी नहीं रहा।

जब ऑक्सिजन लेने के लिए दोनों को रुकना ही पड़ा, तब भी सिद्धार्थ ने उसे छोड़ा नहीं। उसके माथे पर अपना माथा टिकाकर वो बोला, "इससे पहले कि तुम मुझे सब कुछ भूला दो, एक बात पूछना बहुत ज़रूरी है।"

"क्या?"

"ज़िंदगी भर मेरे साथ चलोगी, नैना?" उसके चेहरे को ऊपर उठाकर, और उँगलियों को उसकी उँगलियों में फँसाते हुए वो बोला, "मैं वादा करता हूँ कि ज़िंदगी के हर कदम पर तुम मुझे अपने साथ पायोगी। हमेशा साथ, हमेशा सबसे ऊपर।"

नैना ने जब सिर उठाकर हामी भरी तो उसके आँखों में नमी थी। "आय लव यू, सिद्धार्थ।"

मुस्कुराकर सिद्धार्थ ने उसके बाल कान के पीछे लिए और उसका माथा चूम लिया, फिर जेब टटोलने लगा। उसे पता था कि

वो भी उसके मुँह से वही शब्द सुनना चाह रही थी, पर पता नहीं क्यों ज़बान थम सी गयी। वो कुछ बोल ही नहीं पाया।

"क्या ढूँढ रहे हो?" अपनी मायूसी पर क़ाबू करते हुए, नैना ने उसके हाथ की तरफ़ झाँका।

"जबसे तुमने मेरे मुँह पर मारी थी, जेब में रखे घूम रहा हूँ।" उसने माँ की अँगूठी जेब से निकालकर उसके बाँए हाथ में पहना दी। "अभी तुम यह रखो। अगर तुम्हें यह पसंद नहीं तो मैं एक और खरीदवा दूँगा। ठीक है।" सिद्धार्थ ने उसकी उँगलियों को चूम लिया। नैना उसके गाल पर किस करके, कंधे पर सिर रख लिया। सामने हल्की-हल्की हवा समंदर के साथ खेल रही थी। पता नहीं क़िस्मत उसके साथ क्या खेल खेल रही थी। क्या उसकी उम्मीदें इतनी बड़ी थी, कि कोई उन्हें समझ ही नहीं पा रहा?

सिद्धार्थ ने उसे अपनी बाहों थोड़ा और कस लिया। "कल माँ से बोल दूँ, पार्टी में हमारी एंगेज्मेंट अनाउन्स करने के लिए? उनका बहुत मन था।"

नैना ने हाँ में फिर से सिर हिला दिया। समंदर तो बिलकुल शांत था, लेकिन उसके मन में उथल-पुथल मची हुई थी। दिल में कहीं, ज़िंदगी का सबसे बड़ा पल कुछ अधूरा सा रह गया था। उसने वापस 'आय लव यू' नहीं कहा। क्यों? शायद ज़रूरी नहीं समझा होगा। सिद्धार्थ ज़्यादा इमोशनल नहीं था। शायद उसको यह सब बचकना लगता हो। वो ही कुछ ज़्यादा ही आयडीयलिस्टिक और भावुक थी। मन को काफ़ी समझाने के बाद भी उसके गले में आँसू अटक ही गए। बहुत मुश्किल हुई लेकिन उस रात उसने सिद्धार्थ को अपने दिल के अंदर के तूफ़ान का पता नहीं चलने दिया।

"तुम दोनो कहाँ ग़ायब थे?" संजना ने पूछा, जब नैना सो के उठी। "अभी लंच टाइम भी हो गया, जल्दी चलो।"

"नहीं, मुझे भूख नहीं है," नैन अंगड़ाई लेते हुए बोली, "मैं सीधे पार्टी पर ही डेक पर जाऊँगी।"

"कब आयी सोने?"

"तीन बज गए थे शायद।"

"कहाँ थी?"

नैना ने अपना बायाँ हाथ उठा दिया, "तुम्हारे भाई को फँसा रही थी।"

संजना की खुशी का तो कोई ठिकाना ही नहीं था, चहक सी गयी। "अब देखें बुआ क्या बोलेगी! कितना मज़ा आएगा तमाशे में।"

नैना ने सिर पकड़ लिया। "एक मेरी सहेलियाँ, और एक तुम। सब पागल।"

"भाई तो फ़ोन ही नहीं उठा रहा है। अभी इतनी जल्दी नींद कैसे खुलेगी।" उसने ख़ुद ही सवाल किया और ख़ुद ही उसका जवाब दे दिया। फिर जल्दी से तैयार होके बाहर भाग गयी।

नैना वहीं लेटे हुए अपने ख़यालों में डूबी रही। एक बार जब उसने दिल को माना लिया कि सिद्धार्थ उसके जैसा नहीं है, और वो उससे 'आय लव यू' टाइप की इमोशनल उम्मीदें ना रखे, वो दो घंटे उसकी ज़िंदगी के सबसे हसीन लमहें थे। कल रात के बारे में सोच-सोच कर उसका मन फिर से सिद्धार्थ के पास जाने को करने लगा। लेकिन आज तो उन दोनों को कोई भी प्राइवसी नहीं मिलने वाली थी। डान्स करने के इलावा साथ में रहने का कोई और मौक़ा नहीं मिलेगा।

अगले ही घंटे माँ को पता चल गया तो वो भी बहुत खुश हुईं, लेकिन बुआ की वजह से फ़ैसला लिया कि आज शाम अनाउन्स करना ठीक नहीं होगा। मॉम, डैड भी अपने रिश्तेदारों को बुलाना चाहते थे। सिद्धार्थ अभी भी सो के नहीं उठा था। किसीने उसे डिस्टर्ब करना ठीक भी नहीं समझा। डैड बोले सोने दो, बहुत मुश्किल से टाइम मिला है।

वो लोग मुंबई पहुंचने ही वाले थे। बस अब शिप पर उनकी ही पार्टी होगी, जहाँ मुंबई से भी मेहमान आएँगे।

शाम के छह बजते-बजते नैना बोर हो गयी थी। सिद्धार्थ से मिलना ही होगा, बहुत सो लिया वो। नहा के जींस-टॉप डाला, और सिम्पल सैंडल्स पहन कर मोबाइल उठाया ही था, कि केबिन का दरवाजा धड़ाम से खुल गया। उसकी चीख़ ऊपर की ऊपर और नीचे

की नीचे ही रह गयी, फिर उसकी नज़र सिद्धार्थ पर पड़ी तो दिल की धड़कन कम हुई।

"दरवाज़ा खोल के क्यों रखा था," उसने कहा और दरवाज़ा अच्छे से लॉक कर दिया।

"तुम कब उठे!"

दो कदम में वो उसके पास पहूँचा और उसका चेहरा पकड़कर ज़ोर से स्मूच कर दिया।

"सिद-" इससे पहले कि वो कुछ और कर पाती एक और बार उसने ज़ोर से किस कर लिया। "अरे!"

"मैं अडिक्टेड हो गया हूँ। कैसे कटेंगे दिन, रात?"

हालाँकि नैना का भी वही हाल था पर उसकी टोन पर नैना की हँसी छूट गयी। "अभी ऑफ़िस जाओगे तो सब भूल जाओगे।"

"नेवर," फिर उसने किस की झड़ी ही लगा दी–शायद ही कोई जगह छूटी होगी उसके चेहरे और गले पर।

उसके हाथ नैना के टॉप के अंदर पहूँचे ही थे कि किसी ने दरवाज़ा खटखटाया।

"उफ! अब कौन है?" उसने नैना का टॉप नीचे खींच दिया।

नैना ने बालों में उगलियाँ फिराते हुए दरवाज़ा खोला।

"क्या हो रहा था?" संजना सिद्धार्थ को घूरते हुए बोली, "शादी के पहले अब कुछ भी अलाउड नहीं है।"

"कौन बोला?" सिद्धार्थ नैना के बेड पर लेटकर आँखें बंद कर ली।

"मैं बोली। माँ बुला रही है।"

"झूठी। नैना एक कॉफ़ी ऑर्डर करना, प्लीज़।"

"बिलकुल नहीं! नैना ख़बरदार, ऐसे ही सारे लड़के लड़कियों को अपने इशारों पर नचाने लगते हैं। फिर तुम्हारी आदत पड़ जाएगी। वो तुम्हारी गुलाम नहीं है। अपना काम ख़ुद करो!"

"ग्रेट! तुम ऐसे ही बात करती रहो, एक भी लड़का नहीं मिलेगा तुम्हें नचाने को।"

दोनो भाई बहन ऐसे ही नोक-झोंक करते रहे, तो नैना ने हँसते हुए कॉफ़ी का ऑर्डर दे दिया। उसके बाद जैसा कि नैना ने सोचा

था उनको एक दूसरे के लिए बिलकुल भी टाइम नहीं मिला। अच्छे होस्ट की तरह वो गेस्ट्स को रिसीव करता रहा फिर अच्छे बेटे की तरह माँ-पापा के आसपास ही रहा। पता नहीं किसी ने नोटिस किया कि नहीं, लेकिन उसके कोट के कॉलर पर जो पतली सी ब्रोकेड नैना ने दी थी, वो नैना के ऑफ़-द-शोल्डर गाउन के साथ मैच कर रही थी।

शाम की पार्टी बहुत अच्छी गयी। उसके डिज़ाइन किए हुए कपड़ों की बहुत तारीफ़ हुई। उन लोगों का डान्स भी सिद्धार्थ की वजह से काफ़ी ठीक ठाक ही गया। माँ और पापा बहुत ही खुश थे, जो कि उन सबका एम था।

~१०~

"माँ, सिद्धार्थ कहाँ है?" नैना ने घर में घुसते ही आवाज़ लगाई।

"अब सिद्धार्थ के अलावा कोई दिखता ही नहीं।" माँ अपनी वीना की तार टाइट कर रही थी।

"ऐसा नहीं है माँ," मुस्कुराते हुए वो गीता के गले में हाथ डाल के झूल गयी।

"अच्छा, अच्छा ठीक है।" गीता ने उसके हाथों को चूम लिया। "जा, ऊपर है। कोई दोस्त आया था, वो तो चला गया लेकिन सिद्धार्थ अपने रूम से नहीं निकला है। शायद ऑफ़िस का काम कर रहा होगा।"

नैना एक भूली सी धुन गुनगुनाते उसके कमरे में घुसी और ठिठक कर रह गयी। साइड टेबल पर व्हीसकी का आधा पिया ग्लास और सिद्धार्थ बेड पर ओंधा सो रहा था। हल्के कदमों से जब वो उसके पास पहुँची तो उसके हाथ के नीचे वो तस्वीर दबी थी जो उसके पास होनी ही नहीं चाहिए। नैना ने तस्वीर धीरे से खींच ली। राधिका का सुंदर, मुस्कुराता चेहरा उसको चिढ़ा रहा था। जैसे कह रही हो कि चाहे कितने जतन कर लो, मैं ही उसके दिल की मलिका थी, हूँ, और रहूँगी।

उसने सिद्धार्थ की तरफ़ देखा। क्या वो राधिका के ग़म में अभी भी डूबा हुआ है? सिद्धार्थ ने उससे झूठ बोला। पर वो तो कभी भी झूठ नहीं बोलता, उसने तो कभी कुछ कहा ही नहीं, तो झूठ कहाँ हुआ। क्या नैना कभी भी राधिका की जगह नहीं ले पाएगी? और इतने दिनों से सिद्धार्थ उसके साथ क्या नाटक कर रहा था? वो सब

बातें क्या सिर्फ़ शादी करने के लिए थी? बस ज़िंदगी की ज़रूरतों को पूरा करने ले लिए! तो फिर पूजा से क्यों नहीं? नैना के साथ बिज़्नेस घर का घर में ही रहता। क्या विकास सही था, कि नैना उसके लिए सिर्फ़ एक बिज़्नेस डील थी?

व्हीसकी का ग्लास, राधिका की तस्वीर, और सिद्धार्थ को देखते हुए, नैना को अपने सारे सवालों का जवाब सिर्फ़ 'हाँ' में ही मिल रहा था।

धीरे-धीरे सारा नज़ारा धूमिल होने लगा, तब उसको समझ में आया कि वो रो रही थी। आँसुओं को पीते हुए, तस्वीर ग्लास के नीचे दबाकर, वो वहाँ से भाग गयी।

"नैना!"

माँ ने आवाज़ लगाई फिर भी वो नहीं रुकी।

एक झटके से गाड़ी को गीयर में डालते हुए, गेट से बहार निकली और श्रेया के घर की ओर घूमा लिया। कार को घुमाते-घुमाते उसकी हिचकी बंध गयी। उसने गाड़ी ड्राइव तो की, लेकिन एक मिनट में उसको कुछ भी दिखाई देना बंद हो गया। गाड़ी को साइड में लगाकर वो फूट-फूट कर रो पड़ी। वो उसके साथ ड्रामा कर रहा था। सब झूठ, सब बकवास, सब नाटक।

माँ का फ़ोन आ रहा था, लेकिन उसने इग्नोर कर दिया। उसके बाद सिद्धार्थ का नम्बर डिस्प्ले होने लगा तो उसने फ़ोन ही ऑफ़ कर दिया।

थोड़ी देर के बाद रोते रोते उसके आँसू सूख गए, पता नहीं कितनी देर तक वो वहाँ बैठी रही। सिर दर्द से फटा जा रहा था। घर तो वो जाना ही नहीं चाहती थी। सब सवाल पूछेंगे और वो किसी को फ़ेस करने की हालत में नहीं थी। अभी वो किसी का इमोशनल ब्लेकमेल नहीं झेल सकती थी। श्रेया के घर भी जाना ठीक नहीं था। वो तो उसको फिर कन्विन्स कर देगी कि जो सिद्धार्थ कर रहा है, सब ठीक है। पर्स से वेट-वाइपस निकाल के उसने चेहरा पोंछा और गाड़ी फिर से स्टार्ट करी। ऐसे ही ड्राइव करते-करते उसने गाड़ी ताज की तरफ़ घुमा ली।

नैना ने अपना क्रेडिट कार्ड रेसेप्शनिस्ट को दिया, और फ़ोन ऑन किया। अगले सेकंड फ़ोन बज उठा। डिस्प्ले पर मॉम का नम्बर फ़्लैश हो रहा था। किसी को तो बताना ही था कि वो कहाँ थी, नहीं तो सभी के फ़ोन आते रहते, सोचकर उसने फ़ोन उठा लिया।

"हाँ मॉम, मैं ठीक हूँ ... ..., मैं यहाँ ताज में... ..., मुझे प्लीज़ अकेला छोड़ दो... नहीं... नहीं ... मैं एक, दो दिन में आ जाऊँगी। प्लीज़, मॉम, मुझे अपनी ज़िंदगी ख़ुद जीने दीजिए, ... क्या, कपड़े? यहाँ तो सब कुछ मिल जाएगा। और आप लोगों ने तो मुझे क्रेडिट कार्ड भी दिया है, और मुझे क्या चाहिए? पैसे ही तो है सब कुछ!"

नैना बोले जा रही थी, कि एकाएक सिद्धार्थ की आवाज सुनाई दी।

"नैना, क्या बचपना है? कोई प्रॉब्लम है तो डिस्कस करते हैं ना।" लगता है मॉम के पास ही बैठा था। जितना वो अपने फ़ैमिली को जानती थी, सब एक साथ ही बैठे होंगे और वो भी स्पीकर फ़ोन पर।

"सब लोग ध्यान से सुन लो, मैं कुछ करने वाली नहीं। फ़ालतू लोगों के पीछे मैं स्वीसाइड नहीं करूँगी। कोई भी इतना इम्पोर्टेंट नहीं है मेरे लिए। सब चिल करो! मैं एक-दो दिन में आ जाऊँगी।" इतना बोलकर उसने फ़ोन काट दिया, और फिर ऑफ़ भी कर दिया।

आँसुओं का सैलाब रूम का दरवाज़ा बंद करते ही फिर से उमड़ पड़ा। बिस्तर पर गिरकर उसने अपने दिल का सारा गुबार, सारा दर्द उडेल दिया। कोई इंसान हो तो उसकी कोई कमज़ोरी देखी भी जाए, उसकी लड़ाई तो सिद्धार्थ की यादों से थी। कैसे वो राधिका को उसके दिल से निकाले? कैसे वो उसके पुराने दिनों की छाया से लड़े?

रोते, रोते कब सो गयी, उसे पता भी नहीं चला।

"तुमने उसको क्या बोला। हमेशा उसको सुधारने में लगे रहते हो।" डिनर पर माँ का गुस्सा फूट पड़ा।

"अरे, मेरी तो कोई बात ही नहीं हुई।" सिद्धार्थ की आँख तो तब खुली जब माँ ने नैना को पुकारा था।

"तो फिर क्या देख कर वो अप्सेट हो गयी?"

सिद्धार्थ हाथ धो के डाइनिंग टेबल पर बैठ गया। कुछ-कुछ अंदाज़ा तो था उसे। शायद नैना ने राधिका की फ़ोटो देख ली थी। अब क्या बोलता? कुछ भी बोलने से और डाँट पड़ती। माँ को फ़ोटो के बारे में पता लग जाता। सब और परेशान हो जाते।

"भाई!" समर्थ लिविंग रूम से चिल्लाया, जैसे उसकी जान निकल रही हो।

माँ के हाथ से चम्मच छूट के टनटनाते हुए ज़मीन पर जा गिरी। सिद्धार्थ सब कुछ छोड़ कर लिविंग रूम की तरफ़ भगा।

"समर्थ? क्या हुआ?"

समर्थ ने हाथ से टीवी की तरफ़ इशारा किया।

टीवी पर कोई बिल्डिंग जल रही थी। एक सेकंड के बाद उसका ध्यान नीचे टिकर पर गया और उसकी साँस ऊपर की ऊपर और नीचे की नीचे रह गयी। संजना रूम में आयी और ब्रेकिंग न्यूज़ ज़ोर से पढ़ने लगी।

"ताज में आतंकवादी हमला! व्हाट द एफ!"

सिद्धार्थ हाथ पाँव ठंडे हो गए, वो कब सोफ़े का सहारा लेकर बैठा उसे पता नहीं लगा।

"नैना को फ़ोन लगा," पापा ने कहा।

किसीको कुछ सुनाई नहीं पड़ा, सबकी आँखें टीवी पर लगी थी, समर्थ जल्दी जल्दी चैनल्ज़ छान रहा था, और न्यूज़ के लिए।

"सिद्धार्थ," पापा ने सिद्धार्थ को झकझोड़ा। "नैना को फ़ोन लगा।"

बिना टीवी से आँख हटाए सिद्धार्थ ने जेब से फ़ोन निकला तो उसके हाथ काँप रहे थे। उसके दिल की धड़कनें और भी तेज़ हो गयी जब नैना का फ़ोन ऑफ़ मिला।

"फ़ोन ऑफ़ है।"

"गीता सुना तुमने?" सपना ऑन्टी बधहावास हालत में घर में घुसी और माँ को पकड़ के रोने लगी। संदीप अंकल भी टकटकी लगाए टीवी देखने लगे।

"हॉट लाइन है कोई?" पापा ने पूछा, "समर्थ, केलकर को फ़ोन करो," पापा ने अपने फ़्रेंड जो पुलिस में हैं उनको नाम लेते हुए कहा।

"किस रूम में है, नैना?"

"पता नहीं," टीवी पर नज़र गड़ाए समर्थ बोला।

"अरे तुम लोगों ने बात की और पूछा नहीं?" पापा ने लगभग चिल्ला दिए।

सिद्धार्थ ने फिर से नैना का नम्बर डायल किया और उसे फिर से वही रिकॉर्डेड मेसेज सुनाई पड़ा।

"सपना, फ़ॉर गॉड सेक अपना रोना-धोना बंद करो, वो रूम में ही होगी और सेफ़ होगी। कुछ नहीं होगा, उसे।"

नैना की आँख खुली तो उसे लगा कि जैसे कहीं पटाखे बज रहे हों। लेकिन हर तरफ़ अँधेरा था। दिन ढल गया था शायद। कुछ अलग सा लग रहा था। उसने आँखें झपकाई तो समझ आया वो अपने कमरे में नहीं, बल्कि होटेल में थी। दिन भर की सारी घटनाएँ एक-एक कर के उसके नज़रों के सामने से गुज़र गयीं।

उसकी आँखें फिर भर आयीं। सिद्धार्थ ने पार्टी वाले रात भी कन्फ़ेस किया ही नहीं। नैना ने कभी सोचा ही नहीं था कि सिद्धार्थ को उसकी तरफ़ सिर्फ़ फ़िज़िकल अट्रैक्शन ही होगा, और कुछ नहीं।

'सब लड़के एक से होते हैं।' विकास के शब्द उसे रह-रह कर कचोटने लगे थे।

रोते-रोते उसका गला सूख रहा था। फ़ोन पर हाथ गया तो याद आया कि उसने ऑफ़ कर दिया था। अपने फ़िट्नेस-बैंड में देखा तो रात के ग्यारह बज रहे थे! मुश्किल से वो उठी ही थी, कि उसके रूम का फ़ोन बज उठा। यहाँ उसे कौन फ़ोन कर रहा होगा?

बेड पर फिर से लेटते हुए उसने फ़ोन उठाया। "हेलो?"

"मैम," किसी ने फुसफुसाते हुए बोला।

"हाँ, कौन बोल रहा है?"

"मैम, मैं नीचे रिसेप्शन से बोल रही हूँ। आप अपना रूम अंदर से बंद कर लीजिए और की-कार्ड होल्डर से निकाल लीजिए। सारी लाइट्स बंद कर लीजिए।"

"ऐसा क्यों? आप इतना धीरे-धीरे क्यों बोल रही हैं?"

"आपने टीवी नहीं देखा?"

"नहीं, मैं सो रही थी।"

"ठीक है, आप बिलकुल घबराइए नहीं। हम होटेल में ही हैं। आप अपना रूम अंदर से बंद कर लीजिए और की-कार्ड होल्डर से निकाल लीजिए। भूल कर भी लाइट्स मत जलाइएगा और शोर मत करिएगा। इस फ़ोन की रिंग टोन की वॉल्यूम भी कम कर लीजिए। भूल कर भी कमरे से बाहर मत निकलिएगा। हम आपको फिर कॉल करेंगे।" उस अजीब सी हिदायत के बाद उस लड़की ने फ़ोन काट दिया।

कहीं कोई प्रैंक कॉल तो नहीं?

रूम की लाइट जलाकर उसने टीवी ऑन किया तो वहीं बुत बनकर बैठ गयी। आँखों पर विश्वास ही नहीं हुआ। गेटवे ऑफ़ इंडिया ऐसा तो कभी नहीं दिखा! सीन बदला तो एक जगह पर आग जल रही थी, और लोग उसे बुझाने में लगे थे। ऐंकर की आवाज़ भी भर्राई हुई पूरे मुंबई के हालात बता रही थी। हर चैनल पर वही चल रहा था। आग, और दौड़ते हुए लोग और लाइट्स चमकाती हुई गाड़ियाँ। हर जगह सिर्फ़ पुलिस और फ़ायर-ब्रिगेड के लोग दिख रहे थे। ऐसा कैसे हो सकता है? इतना बड़ा हमला मुंबई में कैसे? लग रहा था जैसे कोई मूवी चल रही हो। उसे घर जाना चाहिए! सब लोग कितने परेशान हो रहे होंगे।

अचानक एक ज़ोर की आवाज़ आयी, जैसे नीचे फ़्लोर पर किसी ने कंचे ज़मीन पर छोड़ दिए हों। नैना के हाथ से रिमोट कंट्रोल गिर गया। उसने चौंक के दरवाज़े की तरफ़ देखा। फिर कोई आवाज़ नहीं आयी। सब शांत था, फिर भी किसी अनजाने डर की ठंडी सी लहर उसके बदन में दौड़ गयी।

दिल की धड़कने तेज़ होने के साथ-साथ उसे उस फ़ोन कॉल की सीरीयस्नेस समझ में आनी लगी। उसने झट से की-कार्ड को होल्डर से निकाला तो पूरा कमरा अंधेरे में डूब गया। टीवी भी बंद हो गया। घुप अँधेरा और चीख़ती हुई ख़ामोशी उसके सारे बदन को ठंडा कर रही थी। फिर भी उसने अपने आप को सम्भाला और धीरे-धीरे टटोलते हुए दरवाज़े की सेफ़्टी चैन भी लगा ली।

फ़ोन की रिंग टोन ऑफ़ करते समय उसे याद आया कि उसका फ़ोन ऑफ़ था। उसने फ़ोन ऑन किया, तो बैटरी लो का साइन आ गया, फिर भी उसने नम्बर मिला दिया।

माँ तो अपने मंदिर में ही डेरा बना लिया। सपना ऑन्टी भी उनके पास ही आँख बंद कर के बैठ गयीं। संदीप अंकल और पापा सारे पुलिस अफ़सरों को फ़ोन मिला रहे थे। किसी को कुछ पता नहीं था, या बताना नहीं चाहते थे। समर्थ और संजना टीवी से हटने का नाम ही नहीं ले रहे थे। संजना धीरे-धीरे शायद रो भी रही थी।

कमरे की मनहूसियत तोड़ते हुए उसका फ़ोन बज उठा।

नैना का नाम फ़्लेश होते ही, वो फ़ोन पर लपका। "नैना! तुम ठीक तो हो ना?"

"सिद्धार्थ स्पीकर ऑन करो!" डैड चिल्लाए।

"सिद्धार्थ?"

स्पीकर पर उसकी धीमी आवाज़ सुनकर उसका दिल और बैठ गया। "नैना, तुम ठीक हो, कहाँ हो? इतने धीरे क्यों बोल रही हो?"

"हाँ, रूम में। उन्होंने बोला है कि ज़ोर से नहीं बोलना।"

"उन्होंने? किसने?" वो ठीक है सुनते ही सिद्धार्थ का दिमाग़ दोड़ने लगा।

"होटेल के रिसेप्शन से फ़ोन था। उन्होंने कहा है लाइट्स ऑफ़ करके रखना और ज़्यादा आवाज़ नहीं करना।"

"तुम्हारा फ़ोन चार्जर है तुम्हारे पास?"

"नहीं। बैटरी भी लो है!"

"तो रूम नम्बर क्या है? हम लैंडलाइन पर बात करेंगे।"

"थ्री—"

"नैना? थ्री? थ्री के आगे क्या? नैना?" सिद्धार्थ ने बेबस होकर समर्थ की तरफ़ देखा।

"क्या हुआ?"

"कट गया, उसके फ़ोन की बैटरी लो थी।"

"तीन का मतलब वो थर्ड फ़्लोर पर है," पापा ने कहा, "कितने रूम होंगे एक फ़्लोर पर। वो लैंडलाइन से भी हमें कॉल कर सकती है ना?"

"फ़ोन नम्बर्स याद हो तो," माँ ने कहा।

अब एक ही आशा थी कि नैना को किसी एक का नम्बर याद हो, लेकिन फिर उसका फ़ोन नहीं आया। सिद्धार्थ ने ताज का नम्बर मिलाया तो रिंग हुआ ही नहीं, सिर्फ़ स्टैटिक सुनाई पड़ रहा था। "लगता है लैंडलाइन भी बंद कर दी है।"

वो उठकर ऊपर भाग गया। लेकिन थोड़ी ही देर में नीचे आया और बाहर के दरवाज़े की तरफ़ चल पड़ा।

"सिद्धार्थ! कहाँ जा रहे हो?" माँ चिल्लाई।

"होटेल। वो बाहर निकलेगी तो कोई तो होना चाहिए उसको लेने के लिए।"

"मैं भी चलता हूँ," समर्थ भी खड़ा हो गया।

"पागल हो गए हो क्या?" डैड ने कहा।

"मैं यहाँ हाथ पर हाथ रखकर नहीं बैठ सकता," सिद्धार्थ टीवी की तरफ़ आँखें गड़ाए हुए बोला।

"नहीं," सपना ऑन्टी ने उसका हाथ पकड़ लिया। "अभी कोई और बच्चा, या कोई भी घर से बाहर नहीं जाएगा। मैं और टेन्शन नहीं झेल सकती।"

"अगर वो बाहर आयी तो हममें से कोई होना चाहिए वहाँ पर," सिद्धार्थ ने कहा।

"मेरी केलकर से बात हो गयी है, कोई भी बाहर आया तो वो पहले हॉस्पिटल जाएगा। पुलिस ले जाएगी, कोई सिविलीयन अलाउड नहीं है। ऐम्ब्युलन्स, डाक्टर्स सब स्टैंड़बाई में है।"

"कौन से हॉस्पिटल?"

"वो कॉल करके बताएँगे।"

फ़ोन अपने हाथ में जकड़े हुए सिद्धार्थ अपने कमरे में टीवी खोल कर बैठ गया। और कुछ करने की उसमें हिम्मत नहीं थी। अंदर ही अंदर गिल्ट उसे खाए जा रहा था। क्यों उसने राधिका की फ़ोटो निकाली? क्यों उसने वो फ़ोटो माँ से छुपाई? सारी फ़ोटो के साथ अगर वो भी जल जाती तो अच्छा होता। आज नैना उनके साथ खाना खा रही होती। इसी के साथ एक और ख़याल भी उसके मन में कोंधने लगा। क्या जो भी उसके साथ बँधेगा उसकी ज़िंदगी ख़तरे में आ जाएगी?

आँसू निकल-निकल कर उसके गले में जाने लगे। रूम में घुटन सी होने लगी तो वो टेरेस पर चला गया। बाहर ऐसा कुछ भी नहीं लग रहा था कि उनकी ज़िंदगी में इतना बड़ा तूफ़ान आया हुआ था। आँख उठाकर देखा तो आसमान में तारे टिमटिमा रहे थे। उसने आज तक भगवान से कुछ नहीं माँगा था, लेकिन उस पल बस एक ही चाहत थी, नैना सही सलामत घर वापस आ जाए। उसके बाद वो कभी कुछ भी नहीं माँगेगा।

थोड़ी देर बाद वहाँ भी उसे शांति नहीं मिली तो वो नीचे लिविंग रूम में आ गया।

सारी रात ऐसे ही ऊपर नीचे करते हुए कटी।

~ ११ ~

नैना अपने हाथ में डेड फ़ोन को देखती रही। अपने परिवार से एक आख़िरी कनेक्शन भी टूट गया। अकेलेपन की एक ठंडी लहर उसकी पूरे बदन में रेंग गयी। उसने लैंड लाइन उठाया लेकिन पूरा-पूरा किसी का भी नम्बर याद नहीं आया। उसका दिल तो वैसे ही ज़ोर से धड़क रहा था, अब हाथ-पाँव भी फूलने लगे। उसने हाउसकीपिंग को डायल किया, लेकिन रिंग ही नहीं हुआ।

वो रिसेप्शन डायल करने का सोच ही रही थी, कि अचानक फिर एक धमाका हुआ, फ़ोन का रिसीवर उसके हाथ से छूट गया। कोई चीख़ा। फिर बेतहाशा मशीन गन चलने की आवाज़ होने लगी, जैसे किसी पागल के हाथ लग गयी हो। अगर कोई और दिन होता तो लगता दिवाली में किसी ने पटाखे की लड़ी जला दी हो। फिर, जैसे अचानक शुरू हुआ था, वैसे ही बंद हो गया।

इतना सन्नाटा छा गया कि उसे अपने दिल की धड़कन सुनाई देने लगी। काँपते हाथों से उसने रिसीवर वापस रखा, फिर खिसक-खिसककर बेड के पास, दरवाज़े से दूर, ज़मीन पर बैठ गयी, और आँखें बंद कर ली। जैसे ही कोई आवाज़ आती वो बेड के नीचे घुस जाती।

कितने सेकंड, कितने मिनट, कितने घंटे वो बाहर से आती हुई आवाज़ों पर कान लगाए वहाँ बैठी रही, कुछ अंदाज़ा नहीं लगा, दिमाग ने जैसे काम करना बंद कर दिया हो। थोड़ी देर में इक्का, दुक्का दूर किसी दरवाज़े को खटखटाने की आवाज़ के बाद और

कोई आहट नहीं सुनाई पड़ी। चारों तरफ़ सब शांत था। सुबह के पाँच बज चुके थे।

शॉक अब सर्वाइवल में बदल रहा था। कुछ दिमाग काम करने लगा। वो घुटनों के बल खिड़की तक पहुँची, पर्दा एक साइड से हटाकर बाहर झाँका। सब शांत था। सन्नाटा भी मानो कोई संदेश दे रहा था। टीवी पर जो देखा था वो महज़ नाटक लगने लगा। अगर वो खिड़की से बाहर निकले तो क्या होगा? लाख कोशिश करने के बाद भी खिड़की नहीं खोल पायी। कुछ अटका था शायद।

चाहे ज़िंदगी में कोई भी तूफ़ान आ जाए, जिस्म अपनी ज़रूरत की चीज़ माँगता ही है। धीरे-धीरे नैना को एहसास हुआ कि उसने कल लंच के बाद से कुछ खाया नहीं, ये ही नहीं वो कल शाम से बाथरूम तक नहीं गयी थी।

रेंगते हुए बाथरूम गयी और फ़्लश नहीं किया। ऐसा लग रहा था कि कोई भी आवाज़ करने से आफ़त उसके तरफ़ ही आ जाएगी। वाश बेसिन में बूँद-बूँद गिरते हुए पानी से सिर्फ़ हाथ धोए और चेहरा गीला किया तो थोड़ा अच्छा लगा। रूम के फ़्रिज से चोक्लेट बार, जूस और पानी की बॉटल लेकर वो फिर बेड के साइड में बैठ गयी। पेट में कुछ खाना जाने से पूरे शरीर में गरमी दौड़ने लगी।

क्या होता अगर वो श्रेया के घर चली गयी होती? अगर उसके हाथ में गाड़ी की चाभी नहीं होती तो शायद वो अपने कमरे में ही भाग जाती! क्यों उसने ताज की तरफ़ ही गाड़ी घुमाई? क्या भगवान उसे किसी बात की सज़ा दे रहा है? अपने मॉम, डैड को परेशान करने की सज़ा। उसने मॉम से ठीक से बात भी नहीं की थी। कितना रूड हो गयी थी वो फ़ोन पर!

और सिद्धार्थ! क्या सोच रहा होगा वो अभी? क्या उसको समझ में आ गया होगा कि वो राधिका की तस्वीर देखकर भाग गयी थी? क्या सच में राधिका से उसे इतनी जेलेसी होनी चाहिए? मॉम ने कहा था कि वो सिद्धार्थ का पास्ट है, उसे कोई नहीं मिटा सकता। क्यों वो एक याद से इतना परेशान हो रही थी? क्या सिद्धार्थ को उसे याद करने का हक़ भी नहीं दे सकती वो? क्या इसीलिए उसको यह सजा मिली है?

अपने मन के अंतर्द्वंद से जूझते हुए वो वहीं कारपेट पर लेट गयी, और आँख बंद कर ली। आँसू की एक बूँद जब उसके गालों पर ढलकी तब तो बाँध ही टूट गया। वो सिर्फ़ अपने घर जाना चाहती थी, अपने अपनो के पास। आज वो सिर्फ़ अपनी मॉम की गोद में घुस के सोना चाहती थी। रोते-रोते उसकी आँख लग गयी।

सिद्धार्थ को रह रह कर वो सारे दिन याद आ रहे थे जब नैना दौड़कर अपनी प्राब्लम्स लेकर उसके पास आती थी। कुछ यादें तो शीशे की तरह साफ़ थीं। शायद वो तीन या चार साल की थी। उसे इसलिए याद था क्योंकि उन दिनों वो केजी में थी, और उसकी यूनिफ़ॉर्म थोड़ी अलग होती थी।

वो स्कूल के बाद ही उसके कमरे में आयी थी। यूनिफ़ॉर्म भी चेंज नहीं किया था। बाल बिखरे थे और टाई एक तरफ़ कंधे पर थी। वो कभी भी डायरेक्ट्ली कुछ नहीं बोलती थी, बस उसके पास जाकर बैठ जाती थी।

“क्या हुआ, नैना?” सिद्धार्थ टेबल पर ड्रॉइंग कर रहा था।

“मैं कल से स्कूल नहीं जाऊँगी। ज़िंदगी में झाड़ू-पोछा ही कर लूँगी।”

सिद्धार्थ मुस्कुरा दिया था, समझ गया था कि वो माँ की बातें दोहरा रही थी। माँ ने उसे डरा-डरा कर स्कूल भेजा था, क्योंकि वो प्ले-स्कूल जाने में भी बहुत नख़रे करती थी, और बड़े स्कूल के तो नाम से ही भाग जाती थी।

“क्यों क्या हुआ?”

बहुत मुश्किल से बात निकली थी उस दिन। कोई एक लड़की उसके क्लिप्स और अच्छी-अच्छी चीज़ें ज़बरदस्ती ले लेती थी। और नैना मैडम तो इतनी सीधी थीं कि ना भी नहीं बोल पा रहीं थीं। सिद्धार्थ को इंटरवल में जाकर उस लड़की को ठीक करना पड़ा था।

अगली बात उस समय की थी, जब उसका तेरवी बर्थडे पार्टी हुए एक ही हफ़्ता हुआ था। सिद्धार्थ पूल में लैप्स ले रहा था। उस दिन वो पूल साइड पर आकर उदास बैठ गयी थी।

"क्या हुआ, नैना?" वो पानी से निकलकर उसके पास बैठ गया।

"मेरे अंदर कुछ गड़बड़ है, सिद्धार्थ।"

"क्या हुआ? बुखार है क्या?" सिद्धार्थ ने उसका माथा छुआ। "कुछ तो नहीं है।"

"नहीं, बुखार वाला प्रॉब्लम नहीं है।"

"फिर?"

वो कुछ नहीं बोली।

"क्या हुआ? प्रॉब्लम बताओगी नहीं तो सॉल्व कैसे करूँगा?"

"तुम्हें पता है जो लड़कियों को होता है? लड़कों को नहीं होता," वो फुसफुसाते हुए बोली।

"क्या? पिरीयड्स?"

"धीरे बोलो। हाँ, वही।"

"तो क्या तुम्हें शुरू हो गए?"

"नहीं।"

"तो क्या प्रॉब्लम है?"

"वही तो प्रॉब्लम है!"

सिद्धार्थ को समझ ही नहीं आया तो वो उसे घूरने लगी, फिर एक लम्बी साँस लेकर बोली, "मेरी क्लास में सारी लड़कियों को शुरू हो गया, ख़ाली मैं ही बची थी, अब तो तेरवाह बर्थडे भी चला गया!"

सिद्धार्थ मुस्कुराने लगा था, तो वो गुस्सा हो गयी। "ये हँसने वाली बात नहीं है! अगर नहीं हुआ तो कुछ होर्मॉनल प्रॉब्लम होती है फिर मैं ना इधर की ना उधर की।"

सिद्धार्थ को और ज़ोर से हँसी आ गयी, फिर उससे रुका ही नहीं गया। वो पेट पकड़-पकड़ कर हँसने लगा, तो वो घर के अंदर भाग गयी। सिद्धार्थ को उसे ढूँढकर मनाना पड़ा, जिसमें पूरा एक दिन लगा था। फिर उसने इंटरनेट पर बैठकर सारी बातें समझाई, तब जाकर वो नोर्मल हो पायी थी।

और इस बार? इस बार वो उसके पास नहीं आयी।

इस बार तो सिद्धार्थ ही उसका प्रॉब्लम बन गया, तो फिर वो किसके पास जाती?

सिद्धार्थ की एक गलती की वजह से वो बिलकुल अकेली पड़ गयी। सीने में फिर से बेचैनी उमड़ने लगी। तो वो रूम में ही टहलने लगा। थोड़ी देर बाद सोफ़े पर लेट गया। छब्बीस घंटे से सोया नहीं था, कब नींद लगी पता ही नहीं चला।

नैना की आँख खुली तो अपने आप को कारपेट पर पाकर फिर से आँखें बंद कर ली। वो कोई बुरा सपना नहीं देख रही थी, हक़ीक़त में फँसी थी। ताज में आतंकवादी घुसे थे। बाहर क्या हो रहा था कुछ पता नहीं था। होटेल स्टाफ़ का एक और बार फ़ोन आया था। उसे रूम में ही रहने के लिए कहा था। आर्मी का ऑपरेशन चल रहा था। वो नॉक करेंगे और जब उसका नाम लेंगे तभी दरवाज़ा खोलने के लिए कहा। इससे पहले वो और कुछ पूछ पाती फ़ोन कट गया।

मॉम और डैड क्या कर रहें होंगे? और सिद्धार्थ? माँ तो पक्का रो रही होगी।

क्यों आयी वो यहाँ पर? थोड़ी देर तक वो फिर अपने आप को कोसती रही। दिन ढला फिर रात भी हो गयी। जो कुछ भी खाने को था ख़त्म हो गया था। सिर्फ़ आधा बॉटल पानी बचा था। किसी तरह से सोते जागते घंटे कट रहे थे।

अचानक दरवाज़े पर किसी ने दस्तक दी।

सिद्धार्थ सोफ़े पर आधी नींद में था जब उसका फ़ोन बज पड़ा। हाथ उठाकर देखा तो सुबह के सात बज रहे थे। फ़ोन पर हाथ गया तो होश उड़ गए। स्क्रीन पर नैना का नाम फ़्लेश कर रहा था।

काँपते हाथों से मोबाइल पर स्वाइप किया, “नैना?”

“सिद्धार्थ, मैं ठीक हूँ,” उसकी सहमी सी आवाज़ आयी। “ऐम्ब्युलन्स में हूँ।”

“किस हॉस्पिटल में ले जा रहे हैं? हम बस फटाफट पहुँचते हैं।”

नैना ने हॉस्पिटल का नाम बताया।

"माँ! समर्थ!" पूरे घर में जैसे एक बिजली सी कौंध गयी। सब हॉस्पिटल जाने को तैयार थे।

कार में सिर्फ़ चार ही लोग जा सकते थे, तो समर्थ, मॉम, और डैड ही साथ गए। माँ किचन में उसके पसंद का खाना बनाने में लग गयी। संजना के तो आँसू ही नहीं थम रहे थे, जब उसने फिर से नैना को फ़ोन मिलाया।

हॉस्पिटल पहुँचकर समर्थ को गाड़ी पार्क करने बोलकर वो एमर्जन्सी OPD की तरफ़ भागा।

ज़बरदस्त भीड़ थी। हर तरफ़ अफ़रा-तफ़रीह, सब लोग परेशान, कुछ रो रहे थे और कुछ के तो रोते-रोते आँसू ही ख़त्म हो गए थे। नज़रें घूमाते-घूमाते उसे वो दिख गयी। एक कुर्सी पर अकेले ही बैठी थी, अपना फ़ोन लिए। उसको देखते ही आँखों से निकलकर आँसू गले में आने लगे।

अचानक नैना ने सिर उठाया, जैसे उसे पता चल गया हो, और सीधे उसकी तरफ़ देखा। उसका भी हाल सिद्धार्थ जैसा ही लग रहा था, बस इतना फ़र्क़ था कि उसके ख़ुद के आँसू गले में जा रहे थे और नैना के आँखों में थे। बड़े-बड़े कदमों से उसने हाल क्रॉस किया, और उसके सामने जाकर खड़ा हो गया। वो आँसू रोकने के लिए बार-बार पलकें झपका रही थी, लेकिन एक गाल पर ढलक ही गया।

"कितनी बड़ी इडीयट हो तुम!" सिद्धार्थ ने कहा और उसे सीने से लगा लिया, "जान ही निकाल दी।"

नैना ने हिचकी तो ली, लेकिन आँसूओं का बाँध तब टूटा जब मॉम के गले लगी।

"नैना!" मॉम भी फ़फ़क-फ़फ़क कर रोने लगी।

"अब तो खुशी की बात है!" समर्थ ने माहौल हल्का करने के लिए कहा, हालाँकि उसकी भी आँखें नम थीं।

"तो तुमको सीधे हॉस्पिटल ले आए?" सब गाड़ी में थे, जब डैड ने पूछा।

"नहीं, पुलिस स्टेशन गए थे पहले। स्टेट्मेंट रेकार्ड किया और आई डी पूछी। कार दो दिन बाद लेने के लिए कहा।"

"फ़ोन चार्ज कहाँ पर हुआ?"

"वहीं पुलिस स्टेशन पर।"

घर पहुँचकर तो पार्टी का माहौल सा बन गया था। माँ ने ना जाने क्या-क्या बना डाला था दो घंटे में।

"अरे वो थकी हुई है उसको रेस्ट लेने दो!" आख़िरकार पापा ने कहा।

"रेस्ट से ज़्यादा, पहले नहाना बनता है।" मॉम ने कहा तो सब हंस पड़े।

~ १२ ~

सिद्धार्थ डिनर के बाद नैना के घर पहुँचा तो सपना आंटी लिविंग रूम में लैप्टॉप पर काम कर रही थी।

"अरे सिद्धार्थ, आओ। नैना ऊपर अपने कमरे में है।" बिना पूछे ही सिद्धार्थ की मनस्तिथि समझ गयी थी। "जागी हुई है।"

सीढ़ी के दो-दो स्टेप्स फाँदते हुए सिद्धार्थ जब उसके कमरे में पहुँचा तो वो दिखी नहीं। नाइट लैम्प की हल्की सी रोशनी में लगा कि शायद बालकनी में थी। कमरे को क्रॉस किया तो देखा वो रेलिंग से टिकी हुई नीचे फ़्लोर पर बैठी थी। नाइट-सूट पहने हुए रेलिंग के बीच से नीचे पता नहीं क्या देख रही थी। मन किया सीने से लगा ले और फिर कभी भी अलग ना करे, लेकिन पता नहीं उसका मूड कैसा था?

रेलिंग का सहारा लेकर, वो भी उसके पास बैठ गया। नैना ने कोई रीऐक्शन नहीं दिया।

एक लम्बी साँस लेकर उसने बोलना शुरू किया, "उस दिन अजय अमेरिका से आया था। अजय को तो तुम जानती हो। उसने राधिका के बारे में सुना था, उससे मिला नहीं था। वो उसका चेहरा देखना चाहता था, इसलिए वो फ़ोटो मैंने बाहर निकाली थी। हम बात करते-करते ड्रिंक्स ले रहे थे, फिर जब वो चला गया तो मैं वहीं सो गया। और कोई बात नहीं थी।"

नैना ने एक लम्बी साँस ली और सीधे होकर बैठ गयी, लेकिन कुछ बोली नहीं।

"नैना, वो सिर्फ़ एक याद भर है, जो ख़त्म होती जा रही है। उसका कोई वजूद नहीं है।" सिद्धार्थ ने अपनी शर्ट के अंदर छुपाई हुई फ़ोटो निकाली और उसके सामने कर दी, "मेरे पास बस यही एक बची है, लो तुम्हीं इसको फाड़ दो। बात ख़त्म।"

नैना ने फ़ोटो ले ली, और देखती रही।

"नैना–"

"पता है सिद्धार्थ, जब हम ऐसे ही दोस्तों के साथ बैठे होते हैं और बात करते हैं, कि अगर हमें पता हो कि हम कल मर जाएँगे तो हमारी आख़िरी ख़्वाइश क्या होगी? कोई कहता स्काई डाइविंग, कोई किसी इग्ज़ाटिक जगह घूमना चाहता है। हर कोई कुछ नयी चीज़ करना चाहता है। लेकिन यह सब ग़लत है। जब मैं उस रूम में थी, तो जानते हो मैं क्या चाहती थीं?" वो आख़िरकार उसकी तरफ़ मुड़ी। "मैं बस तुम सब से मिलना चाहती थी, बस एक आख़िरी बार तुम सबको देखना चाहती–" उसकी आवाज़ भर्रा गयी।

"नैना–"

"सिद्धार्थ, मुझे कोई फ़र्क़ नहीं पड़ता अगर राधिका की तुम्हारे दिल में मेरे से ज़्यादा जगह है।"

"ऐसा नहीं–"

"शश ...," उसने सिद्धार्थ के होठों पर ऊँगली रख दी, "आज मुझे बोलने दो। अब मुझे कोई फ़र्क़ नहीं पड़ता कि तुम उसको चाहते हो, क्योंकि मुझे पता है कि तुम्हारे दिल में मैं भी कहीं हूँ, और मैं अपनी उस जगह से ही खुश हूँ।" वो सिद्धार्थ को ऐसे देख रही थी जैसे अपने दिल में उसकी तस्वीर क़ैद कर लेना चाहती हो। "होटेल में अकेले उन घंटों में मुझे एहसास हुआ कि मैं राधिका के साथ वो जगह बाँट सकती हूँ, और मेरे लिए वो ही काफ़ी होगा।" एक आँसू ढलक के उसके गाल पर होके नीचे गिर गया।

"नैना!" सिद्धार्थ ने उसकी ऊँगली को चूमते हुए हल्के से उसका गाल पोंछ दिया।

"ज़िंदगी इतनी छोटी है कि हर एक पल अच्छे से जीना चाहिए, लड़ाई, और जेलसी के लिए समय ही नहीं है।"

"आए लव यू, नैना।" सिद्धार्थ ने हाथों को बढ़ाते हुए उसे अपनी आग़ोश में ले लिया।

"तुम्हें ज़बरदस्ती यह कहने की ज़रूरत नहीं—"

"आए लव यू, नैना।" उसने अपनी बाहें और कस लीं।

"सिद्धार्थ—"

"यू आर माय लाइफ़, नैना।" सिद्धार्थ ने अपना मुँह उसके गले में छुपा लिया।

जब गले में कुछ ठंडा और कुछ गीला महसूस हुआ, तब नैना को समझ आया कि वो भी रो रहा था।

"सिद्धार्थ?" उसने सिद्धार्थ को उठाने की कोशिश की, लेकिन उसने और कसके जकड़ लिया। नैना के ख़ुद के आँसू सुख गए। सिद्धार्थ रो रहा था! सिद्धार्थ? नैना ने कभी उसको रोते नहीं देखा था, और वो कल्पना भी अजीब थी! नैना ने भी बाँहें उसकी कमर में डालकर उससे लिपट गयी। उसे अजीब भी लगा रहा था, और अच्छा भी। यह पहली बार है कि वो उसको कम्फ़र्ट दे रही थी।

थोड़ी देर बाद सिद्धार्थ ने उसे छोड़ा और उसका चेहरा उपने हाथों में लेकर चूम लिया। उसकी आँखें लाल हो गयी थी। "फिर ऐसा कभी नहीं करना। मैं ज़िंदा नहीं रह पाऊँगा।" उसका हाथ नैना के हाथ को ऐसे पकड़े था कि जैसे वो कभी छोड़ेगा नहीं। "तुम्हें क्या लगता है कि वो ३४ घंटे ख़ाली तुमने काटें हैं? तुम्हें पता है मेरा क्या हाल था? गिल्ट मुझे खाए जा रहा था, मैं किसी को बाता भी नहीं सकता था। कोई बोलता नहीं, लेकिन सब मन ही मन मुझे ही कोसते।"

नैना ने उसका हाथ उठाकर चूम लिया, और सिर उसके सीने पर रखकर एक लम्बी साँस ली। आँसू आँखों से फिर निकल कर सिद्धार्थ की शर्ट में ग़ायब हो गए। इतने दिनों से जो सीने में ठंडी सी फाँस लगी थी वो गलती जा रही थी।

"आय रीयली लव यू, नैना। प्लीज़, मैं झूठ नहीं बोल रहा।"

"अच्छा ठीक है।"

"बस, ठीक है?"

उसने कनखियों से सिद्धार्थ की तरफ़ देखा। "अब क्या?"

"बस ठीक है? और कुछ नहीं कहोगी?" सिद्धार्थ ने नाक-भौं चढ़ा लिया।

"और क्या कहना है?" वो अपनी स्माइल दबाते हुए बोली।

"तुम मेरी रेगिंग कर रही हो?" सिद्धार्थ ने उसकी ठोड़ी उठाकर उसकी आँखों में झाँका।

"नहीं, तुम क्या एक्सपेक्ट कर रहे हो? बता दो।"

"मैंने आय लव यू बोला।"

"तो?"

"तो? तुम कुछ नहीं बोलोगी?"

"मैंने तो शिप पर ही बोल दिया था, तुमने अब जा के जवाब दिया।"

"बात तो सही है।" वो मुस्करा दिया। "देखा, मेरे साथ रहकर तुम भी स्मार्ट हो गयी हो।"

उसने सिद्धार्थ को पिंच किया, तो उसने हाथ पकड़कर नैना को अपने ऊपर खींच लिया।

"बोलो, नहीं तो छोड़ूँगा नहीं।"

"मत छोड़ो।" नैना थोड़ा और खिसकी, फिर अडजस्ट होकर उसके ऊपर आराम से पेट के बल लेट गयी।

"तुम मुसीबत को दावत दे रही हो, मेरी जान।"

"तुमसे ही सिखा है।" अगर वो ज़रा सा फ़ेस ऊपर करती तो उसके होठों को अपने होठों से छू सकती थी।

"अब तो तुमने पूरा पंगा ले लिया।" सिद्धार्थ ने हल्के से कहा और उसका चेहरा उठाकर अपने होंठ उसके होठों पर रख दिए। उसके बाद नैना के दो दिन के सारे डर उड़नछू हो गए।

"यह कम्फ़र्टबल नहीं है," सिद्धार्थ ने थोड़ी देर बाद कहा, फिर भी उसे छोड़ा नहीं।

"रूम में चलें?" नैना ने उसका चिन सहलाते हुए कहा।

"मुझे जाना चाहिए, मॉम क्या सोचेंगी? उन्होंने मुझे आते हुए देखा था।"

नैना ने उसके सीने पर सिर रखकर एक लम्बी साँस ली।

"कल, मैं तुम्हें किसी से मिलवाना चाहता हूँ, उफ़–"

वो इतनी जल्दी से उठी कि उसका सिर सिद्धार्थ के ठोड़ी में लग गया। "ओह, सॉरी, सॉरी! ज़्यादा लगी क्या?"

"नहीं।"

"किससे मिलवाना है?" वो उठ खड़ी हुई।

"सप्रोइज़ है। कल शाम छह बजे, तैयार रहना, ज़्यादा फ़ॉर्मल नहीं है।" सिद्धार्थ ने उठते हुए फिर उसे अपने बाहों में ले लिया। "मन नहीं कर रहा तुम्हें छोड़कर जाने का।"

"रात के खाने के बाद पूल पर मिलें?" उसने कहा।

सिद्धार्थ रात का प्रोग्राम बनाकर चला गया।

❧

"कहाँ जा रहें हैं हम?" अगली शाम नैना ने कार में बैठते ही फिर पूछा।

"राधिका की मम्मी के पास।"

"क्या!" उसके हाथ से सीट बेल्ट छूट गयी।

"आए एम सॉरी, मुझे तुमसे पूछ लेना चाहिए था। अगर तुम नहीं जाना चाहती तो मैं उन्हें कुछ बहाना बना दूँगा।"

"नहीं, नहीं, ठीक है। पर क्यों?"

"उन दिनों में बहुत डिप्रेस्ड था।" सिद्धार्थ ने गाड़ी स्टार्ट की।

नैना समझ गयी वो किन दिनों की बात कर रहा था, कम से कम दो महीने तक वो अपने कमरे से बाहर ही नहीं आया था।

"वो भी दुखी थीं, ज़ाहिर है! जब मेरी हालत माँ से देखी नहीं गयी तो वो राधिका की मम्मी से मिलीं, वो अहमदाबाद में डॉक्टर हैं। उन दिनों उन्होंने मेरी बहुत मदद की थी। वो अक्सर मुझे कॉल करती हैं। ज़िंदगी बहुत क़ीमती है, वो कहती हैं, बहुत लोग जुड़े होते हैं एक ज़िंदगी से, तो इसे बर्बाद करने का किसी को हक़ नहीं है। जब मैंने उन्हें अपनी लाइफ़ समेटते देखा, तो मुझे काफ़ी हिम्मत मिली थी। वो मुंबई आयीं हुई हैं और तुमसे मिलना चाहती हैं।"

सिद्धार्थ ने उस पर एक नज़र डाली तो वो सिर हिलाकर मुस्कुरा दी।

"वो कह रही थीं, जिससे भी मेरी शादी होगी वो उनकी भी बेटी होगी।"

नैना के आँखों में फिर से आँसू आ गए।

"रेडी?" सिद्धार्थ ने धीमे से पूछा, जब वो मंडप पर आयी।

नैना ने मुस्कुराकर सिर हिलाया, इतना कि किसी को पता ना चले। इधर-उधर देखा तो सब अपने लोग दिखायी दिए। सिद्धार्थ और उसके रिश्तेदार, दोस्त, ऑफ़िस के लोग। मंडप के एक पिलर के पास माँ राधिका के मम्मी, और पापा से बात कर रहीं थीं। सब बिलकुल पर्फ़ेक्ट था, जैसा उसने हमेशा चाहा था।

सारे मंतर, सारे रस्मों और सात फेरों के बाद जब सिद्धार्थ ने सिंदूर की डिब्बी में से सिंदूर लेकर उसकी तरफ़ देखा तो नैना के आँखों में आँसू आ गए। आज उसकी आँखों वही इमोशन था जो वो अपने लिए देखना चाहती थी। उस पल में उसे पूरा यक़ीन हो गया था कि उसने भी सिद्धार्थ के दिल में अपनी एक स्पेशल जगह बना ली है।

फ़ोटो सेशन के लिए जब दोनों बैठे तो नैना की नज़र सिद्धार्थ की बुआ पर पड़ी।

"बुआ अभी भी गुस्सा हैं, शायद।" वो फुसफुसाते हुए बोली।

सिद्धार्थ मुस्कुरा दिया। "इग्नोर।"

"सोच रही होंगी, यह तो एक कदम और आगे निकल गयी, छोटे बेटे की जगह बड़े को ही फँसा लिया।"

"छोड़ो ना, थोड़े दिनों में किसी और की शादी अरेंज करेंगी तो हमें भूल जाएँगी।"

काफ़ी देर तक वो दोनों, फोटोग्राफर को झेलते रहे, लेकिन जब उसने जयमाल पकड़कर पोज करने को कहा तो सिद्धार्थ ने बिलकुल मना कर दिया। इसी बीच संजना हाँफते-हाँफते स्टेज पर

पहुंची। "बाई गॉड, मुझे बचा लो यार, बुआ मुझे किसी से मिलवाना चाहती हैं।"

"क्या हुआ? किसलिए?"

"शादी के लिए!"

नैना ने सिद्धार्थ की तरफ़ देखा फिर दोनों खिल-खिलाकर हंस पड़े।

प्रिय रीडर्स,

'एहसास' मेरे लिए बहुत ख़ास है क्योंकि यह मेरी पहली नोवेला है जो मैंने हिंदी में लिखी है। इसे पढ़ने के लिए समय निकालने के लिए आपका शुक्रिया अदा करती हूँ। यदि आपको इसमें मज़ा आया, तो कृपया अपने दोस्तों को बताने और एक छोटी समीक्षा ऐमेज़ॉन (Amazon) और गुडरीइस (Goodreads) पर पोस्ट ज़रूर करें।

रिव्यूज़ एक लेखक के लिए अमृत के समान हैं।
धन्यवाद।
रूचि सिंह।

काली नज़र

मेहरा ख़ानदान ऋंखला : बुक #२

बोनस चैप्टरस

उस चुलबुली हँसी ने समर्थ का कॉन्सेंट्रेशन दूसरी बार तोड़ दिया। बहुत मन हुआ कि उस सेक्सी आवाज के पीछे का चेहरा देख ही ले, लेकिन रात के ग्यारह बज चुके थे, टीसी ने टिकट चेक करके, केबिन की लाइट बंद कर दी थी। इसके अलावा, उसे अपना प्रेज़ेंटेशन ख़त्म करके अगले स्टेशन, इस रूट का अंतिम बड़ा शहर भरतपुर, पहुंचने से पहले अपने ऑफ़िस टीम को भेजना था। उसे यकीन था कि जहाँ वो अपने चचेरी बहन, रागिनी, की शादी के लिए जा रहे थे, वहाँ अच्छा वाई-फाई सिग्नल या इंटरनेट कनेक्शन नहीं मिलेगा। ट्रेन की सीटी बज उठी, मानों कह रही हो समय बर्बाद ना करो। एक लम्बी साँस लेकर वो अपना ध्यान अपनी लैपटॉप स्क्रीन पर वापस लाया। उसने स्लाइड को फिर से पढ़ा और एक पोईंट और जोड़ दिया।

फुसफुसाहट और दबी हुई हँसी दस मिनट और चली, फिर लड़कियां चुप हो गयीं, और वो अपना काम पूरा करने में लग गया।

हल्की-हल्की रोशनी समर्थ को डिस्टर्ब कर रही थी, फिर लगा कि कोई उसका बेड ही हिला रहा है। नींद ज़रा सी टूटी तो एहसास हुआ कि वो ट्रेन में, नीचे वाली बर्थ पर था। ट्रेन चल रही थी तो उसने आँखें खोली ही नहीं। कुछ ही सेकंड के बाद एक पंख सी चीज़ ने उसके होंठों को सहलाया, पर आधी नींद में वो दूसरी तरफ पलट

गया। वही नरम स्पर्श अब उसके गाल को छूने लगा, और पिछली रात वाली सेक्सी आवाज़ उसके कानों में फिर गूँज गयी।

आंखें तपाक से खुल गईं। नींद की कोई औक़ात ही नहीं थी उस आवाज़ के सामने। पलट के देखा तो चेहरे के ऊपर एक सफेद दुपट्टा लटका हुआ नज़र आया, थोड़ी नज़र ऊपर की तो घुंघराले काले बाल झूल रहे थे, जिनके बीच से बड़ी, चाँदी की बालियाँ झाँक रही थी।

उसकी बर्थ के साथ सफ़ेद सलवार-सूट में एक लड़की खड़ी थी, जो ऊपर वाली बर्थ पर कुछ समेट रही थी। दुपट्टे ने उसके होठों को फिर से छुआ। फिर वो अपने से छोटी एक लड़की से, जो नीचे वाली बर्थ पर थी, कुछ कहने के लिए मुड़ी। बच्ची के मुँह से तो हंसी का फूव्वरा फूट पड़ा, लेकिन समर्थ उसे बस देखता ही रह गया। आँखें उसके चेहरे से हटने को राज़ी ही नहीं थी। उसका शांत चेहरा - सौम्य और ख़ूबसूरत - समर्थ के सीने में हलचल मचा गया।

"समर्थ, उठो। हमें उतरना है।"

माँ की आवाज़ पर वो सफ़ेद, झिलमिलाती परी पलटी, उसने समर्थ पर एक उड़ती हुई नज़र फेंकी, और बाल झटकते हुए किसी प्रिन्सेस की तरह डिब्बे से बाहर निकल गयी। क्या समर्थ को महज़ एक अदने से नौकर की तरह बर्खास्त कर दिया गया था? या एक गुलाम की तरह? समर्थ के होंठों पर हल्की सी मुस्कान छलक आई। दिन की एक दिलचस्प शुरुआत थी।

ट्रेन से उतरने और अपने फ़ैमिली के अनगिनत सूट्केसों का ध्यान देने के चक्कर में वो कब उसकी आँखों से ओझल हुई पता भी नहीं चला।

"किसे ढूँढ रहे हो?" नैना ने सोते हुए यश को गोद में सम्भालते हुए पूछा।

"किसे? किसी को तो नहीं। तुम कार में बैठो, ए-सी चल रहा है।" समर्थ ने डिक्की में आख़िरी सूट्केस डाला। माँ दूसरी कार में चाचा के साथ निकल चुकी थीं।

"पता नहीं क्यों मुझे लगा कि तुम्हें कोई जाना-पहचाना दिख गया।" नैना बोलते-बोलते कार में बैठ गयी।

"कौन जाना-पहचाना दिख गया?" जब वो कार की आगे वाली सीट पर बैठा तो संजना ने सवाल दाग़ दिया। "मुझे तो लगा तुम उस सफ़ेद सलवार-सूट वाली लड़की को ताड़ रहे थे, पर हम तो उससे कभी भी मिले ही नहीं।"

"अरे, नहीं यार। अपने काम से काम रखो, बहन मेरी! भाई को मेसेज डाल दिया नहीं तो उसे अपनी बीवी, बच्चे की चिंता सताएगी?" समर्थ ने टॉपिक चेज़ करने की नाकाम कोशिश की।

"हा, हा, अच्छा जोक था!" नैना यश को देखते हुए मुस्कुरा दी, "जैसे कि उसे तुम्हारी चिंता नहीं होती।"

"हाँ, माँ ने कर दिया मेसेज। तो बताओ? यहाँ भी आकर शुरू हो गए!" संजना के दिमाग़ में अगर कुछ घुस गया तो उसे निकालना नामुमकिन ही था।

"कौन, कौन? मैंने नहीं देखा।" नैना के भी कान खड़े हो गए।

"धीरे बोलो, यश उठ जाएगा," समर्थ ने फिर उनका ध्यान कहीं और लगाने की कोशिश की।

ऐसे ही टालमटोल करते-करते रास्ता कट गया। जब उसे कुछ पता ही नहीं था तो वैसे भी वो क्या बताता!

कुछ घंटों के बाद, समर्थ एक कप चाय के साथ गेस्ट हाउस की बालकनी पर खड़ा सामने दुल्हन की तरह सजी दादाजी की तीन मंजिला हवेली देख रहा था। बीच में हरा-भरा गार्डन था, जहाँ शादी की तैयारियों की हलचल चल रही थी। शामियाना एंट्री गेट के पास खड़ा किया जा रहा था और उसके पीछे, सफेद तम्बू के नीचे, रसोइयों की एक टीम शाम की संगीत पार्टी के खाने की तैयारी में व्यस्त थी।

शहर वालों को समझाना पड़े तो पूरी प्रॉपर्टी को एक फ़ार्म हाउस कह सकते थे, जिसमें एक पुरानी हवेली थी और थोड़ी ही दूर पर यह वाला घर था, जिसे पिछले साल चाचाजी ने माडर्न स्टाइल का दो मंज़िला नया मकान बना दिया था। दोनो घरों के पीछे एक बड़ा गार्डन और फिर ऊँची बाउंड्री वॉल जिसे पार करते ही लहलहाते खेत और बाग़ थे। शहर से आए हुए सभी मेहमान इसी नए घर में ठहराए गए थे। हवेली भी काफ़ी बड़ी थी, उसमें चाचीजी के तरफ़ के लोग और रागिनी की सहेलियाँ रुकी हुई थी।

इन सब के बीच रह-रह कर कमर तक लंबे बाल और सफेद रंग का दुपट्टा उसे बेचैन कर रहे थे। जिस तरह से बेपरवाह होकर वो ट्रेन से उतरी थी ऐसा लग रहा था उसका आना जाना यहाँ अक्सर होता रहता था। अगर वो हवेली या इस घर में नहीं है, तो कहीं भी हो सकती है।

भरतपुर के पास यह एक छोटा सा शहर था। अगर वो इधर-उधर घूमेगा तो क्या वो उसे दिख जाएगी? या शायद वो शाम को

संगीत में भाग ले। दादाजी शहर में बड़े जमींदार थे। निश्चित रूप से उन्होंने सभी को इन्वाइट किया होगा। अगर उसकी किस्मत अच्छी होगी, तो वो शायद रागिनी की बेस्ट फ्रेंड हो। और अगर ना मिली तो? उसकी बेचैन आँखें हवेली के हर तरफ़ उसे ढूँढने लगीं।

कुछ और सोच समर्थ मेहरा। ऐसे काम नहीं चलेगा।

चाचाजी ने दोनो घरों के आस पास की लैंड्स्केपिंग बहुत ही अच्छी करवाई थी। लोहे का, गज़ीबो सा, स्ट्रक्चर बैंगनी, गुलाबी बोगनविलिया से लदा, बहुत ही सुंदर लग रहा था। बहुत देर तक गार्डन और उसमें लदे हुए पेड़, पौधों को सराहते हुए, वो फिर अपना दिमाग़ पिछली रात भेजे हुए प्रेज़ेंटेशन पर ले आया। यह प्रोजेक्ट उसकी कम्पनी के लिए बहुत ज़रूरी था, अगर उसको मिल गया तो उसके पैर इंडस्ट्री में अच्छे से जम जाएँगे। प्रोजेक्ट के बारे में सोचते ही उसके कानों में वो खनकती हुई हँसी गूँजने लगी। कैसे मिलेगी वो? कुछ तो करना ही होगा। कोई तो चक्कर चलाना ही पड़ेगा। वैसे भी दो दिन कोई काम तो था नहीं।

"समर्थ, ज़रा यश को पकड़ो ना!" माँ ने अंदर से आवाज़ लगाई, जैसे उन्हें पता लग गया कि वो तफ़रीह करने की सोच रहा था, लेकिन यश को सम्भालना तो सबसे अच्छा काम था। "ट्रेन में सो चुका है तो अब खेलना है इसे," माँ ने कहा।

"आ जाओ, चैम्पीयन!" उसने कप बाल्कनी में रखी टेबल पर रखकर यश की तरफ हाथ बढ़ा दिए।

"चाछू!" यश ने चाचू को देखते ही अपने सोलह के सोलह दाँत दिखा दिए। उसको भी पता था कि अब मस्ती करने को मिलेगी।

"समर्थ, गोदी मत लो। पैदल चलना चाहिए, उसे," नैना की हिदायतें शुरू हो गयीं, "और कोई भी ठंडी चीज़ मत खिलाना।

"अरे चिल करो, मम्मा।" उसने यश को अपने कंधों पर बैठाते हुए कहा। "हम यहाँ मस्ती करने ही तो आए हैं! चल बेटा, साथ में चाची को ढूढेंगें।"

"चाची को मिलना तो बोलना बहुत ही अच्छा अरेंज्मेंट किया है," माँ ने सूट्केस में कुछ ढूँढते हुए कहा, और समर्थ की दाँतों के बीच फँसी हुई जीभ नहीं देखी।

इससे पहले कि उसके मुँह से कुछ और गड़बड़ निकलता, समर्थ यश को लेकर कमरे से निकल गया। सबसे पहले पता करना था कि वो कहीं इसी ख़ानदान की तो नहीं। कहीं अगर उसकी दूर की कज़िन निकल आयी तब तो बेड़ा गर्क हो जाएगा।

यश से एक तरफ़ा बातें करते-करते वो हवेली की तरफ़ चल पड़ा। हवेली पहुँचकर ऐसा लगा जैसे अपने बचपन में लौट आया हो। छोटे थे तो गरमियों की छुट्टियों में अक्सर सब कज़िंस यहीं इखट्टे होते थे। ज़्यादा नहीं तो दस-पंद्रह दिन तो साथ में गुज़ारते ही थे। दादाजी से तो आते ही मुलाक़ात हो गयी थी, लेकिन बाक़ी सब से बहुत सालों बाद मिलना हो रहा था। यश से मिलकर सब और भी ज़्यादा ख़ुश थे, एक और जेनरेशन जुड़ गया था परिवार में।

सबसे मिलते-मिलते भी उसकी आँखें उस एक को ढूँढ रहीं थीं, लेकिन वो शायद यहाँ नहीं थी।

"किसको, किसको बुलाया है शाम को, चाची?" उसने कैज़ूअली पूछ ही लिया।

"सारा शहर तो हमें जनता ही है, किस को बुलाएँ और किस को छोड़ें, समझ ही नहीं आया, तो सबको ही बुला लिया।" चाची हंस पड़ी। "वैसे आज रात तो सिर्फ़ हम लड़की वाले ही हैं, कल तो पूरी बारात होगी। बस सब ठीक ठाक हो जाए।"

"सब ठीक ही होगा, मैं कुछ मदद कर सकता हूँ तो बताएँ," उसने कहा, लेकिन मन ही मन बहुत ख़ुश हुआ, शायद आज शाम वो दिख जाए।

"नहीं, नहीं, हो जाएगा। सब इंतजाम कर दिया है तुम्हारे चाचाजी ने।"

उनसे विदा लेकर यश को थोड़ी देर इधर-उधर गार्डन और ग़ज़ीबो में घुमाया, फिर वो आँख मलने लगा, शायद भूख लग रही थी, तो वो दोनो वापस आ गए। लंच का टाइम तो हो ही रहा था।

शाम को सब तैयार हो रहे थे तो उसको कमरे से बाल्कनी में निकाल दिया गया। अपने मोबाइल पर सारे ज़रूरी मेसेज चेक करके, जब कुछ करने को नहीं था तो वो गार्डन की फ़ोटो ही लेने लगा। एक फ़्रेम में ऐसा लगा कि जैसे कोई चल रहा था। कैमरे को ज़ूम किया,

तो वो हवेली के पीछे, बाईं ओर से आते दिखी! थोड़ी देर तक तो वो बस देखता ही रहा। ऐसा लगा कि समर्थ के ख़यालों ने उसे वहाँ हाज़िर कर दिया हो–बालों की वही झिलमिलाहट और वही लहराता दुपट्टा!

उसने लापरवाही से जब अपने सरकते दुपट्टे को कंधे पर फेंका, तब समर्थ को होश आया, और उसने धड़ाधड़ कई फ़ोटो ले डाली। सफ़ेद शायद उसका पसंदीदा कलर था। बगीचे को पार करते हुए वो जल्दी से गज़ीबो की ओर बढ़ गई। वो यहाँ ही रह रही थी! पहले क्यों नहीं दिखी? यह तो लक से भी लकी था!

नीचे भागने की जल्दी में समर्थ का मोबाइल हाथ से छूटने ही वाला था, पर उसने समय से लपक लिया। फिर सिर उठाया तो वो ग़ायब हो चुकी थी।

"अब तुम तैयार हो सकते हो, समर्थ," नैना ने बाल्कनी का दरवाज़ा खोलते हुए कहा। "क्या हुआ? कहाँ जा रहे हो?"

"थोड़ी देर में आता हूँ।" हाथ हिलाते वो जल्दी से सीढ़ियों की तरफ़ भागा। अगर वो उसे फिर से खो देगा तो क्या होगा?

थोड़ा टाइम लगा वहाँ पहुँचने में, लेकिन उसकी क़िस्मत आज बहुत ही अच्छी थी। वो गज़ीबो के अंदर एक बेंच पर बैठी थी। वही चमकीले सफ़ेद मोती जैसे लिबास में, किसी कागज़ को टुकड़े-टुकड़े करती हुई। बेहाल सी दिख रही थी–अकेली और परेशान।

"अच्छा तो यह है आपका महल?"

वो चौंकी और झटके से खड़ी हो गयी। कागज़ के कोरे टुकड़े उसकी गोद से गिरकर कुछ हवा में और कुछ ज़मीन पर बिखर गए। अपना दुपट्टा बाहों में लपेटकर, वो उसे शक भरी नज़रों से देखने लगी।

"मैं, समर्थ। हम ट्रेन में मिले थे।" उसने परिचय देकर अपना हाथ आगे बढ़ाया, जिसे शाही स्टाइल में अनदेखा कर दिया गया। "आप अक्सर यहाँ आतीं हैं क्या?" समर्थ ने हल्की सी मुस्कुराहट के साथ कहा।

भौं सिकुड़ गईं, लेकिन वो कुछ नहीं बोली।

"मेरा नाम समर्थ है।" उसने फिर से कोशिश की। "मैं रागिनी का, मेरा मतलब दूल्हन का ... अम ... चचेरा भाई।"

"तो?" उसने चेहरा हल्के से उठा लिया, जैसे चुनौती दे रही हो।

अगर वो उसकी आँखों में झाँक नहीं रहा होता तो लगता जैसे हर कोई उसके पैर की जूती के नीचे था। पर आँखों में भाव अभिमान का नहीं, बल्कि अनजाने से दर्द का था–ऐसा लगा जैसे वो नए दोस्त बनाने से डर रही हो। लग रहा था हाल ही में कोई बड़ा धोखा खाया था। भोलेपन की वो झलक उसके कशिश में चार चाँद लगा रहे थे।

"तो...? तो क्या मुझे आपके शाही दरबार में शामिल होने की इजाज़त है, योर रॉयल हायनेस?" समर्थ ने सिर झुकाते हुए पूछा।

हैरान होकर उसने एक कदम पीछे ले लिया।

"क्या हम कुछ देर बात कर सकते हैं?"

"क्यों?"

कोई पहली मुलाक़ात में इस सवाल का क्या जवाब दे? समर्थ ने सच का सहारा लेना ही ठीक समझा। "क्योंकि आपकी आवाज़ और आपने मेरा चैन छीन लिया है, प्रिन्सेस।"

"क्या बकवास है!" वो एक क़दम और पीछे चली गयी।

"और पीछे नहीं, गिर–" समर्थ के बोलते-बोलते ही उसने फिर एक कदम पीछे लिया, और गज़ीबो के बाहर के स्टेप से गिरने ही वाली थी कि समर्थ ने आगे बढ़कर उसकी कलाई पकड़ ली।

"उफ़!" उसका दूसरा हाथ समर्थ की टी-शर्ट पर लपका। उसने इतनी ज़ोर से पकड़ा, कि समर्थ को भी पिलर का सहारा लेना पड़ा, नहीं तो दोनो ही ज़मीन पर होते।

"चोट तो नहीं आयी?" समर्थ ने उसे खींच के सीधा किया तो वो धप्प से पास वाली बेंच पर बैठ गयी। शायद उसका पैर ऐंठ गया था। समर्थ नीचे बैठ गया। "मैं देखूँ?"

"नहीं, नहीं, ठीक है।" पैरों को समेट कर वो ख़ुद ही अपने ऐंकल को सहलाने लगी।

हवेली की तरफ़ से कोई ज़ोर से चिल्लाया। वो आवाज़ की तरफ़ झटके से मुड़ी, दर्द से होंठ दाँतों के बीच दबाते हुए उठ खड़ी हुई।

"नंदिनी!" किसी ने फिर पुकारा, इस बार आवाज़ और क़रीब थी।

इससे पहले कि समर्थ कुछ समझ पाता, अगले ही पल लंगड़ाते हुए वो वहाँ से भाग गई।

"एक मिनट, रुको!" वो बोला, "अरे, सुनो तो... " लेकिन वो जा चुकी थी।

पौधों की आड़ में वो उसे जाते देखता रहा। घर के पीछे वाले दरवाज़े के पास एक समर्थ की उम्र का आदमी उससे बात करने लगा, फिर वो दोनो घर के अंदर चले गए।

"नंदिनी," समर्थ ने धीरे से कहा, उसके होंठों पर एक मुस्कान खेल गयी। उसका नाम भी उसकी रॉयल इमेज के साथ मैच कर रहा था।

৶

'काली नज़र' ऐमज़ान पर…

बुक लिस्ट

हिंदी

एहसास - मेहरा ख़ानदान # १

काली नज़र - मेहरा ख़ानदान # २

लफ़ंगा - मेहरा ख़ानदान # ३ (जल्द ही ऐमज़ॉन पर)

टेक २ - नज़रों का खेल

English
Novels
Romantic Suspense

The Bodyguard - Undercover Series # 1

Guardian Angel - Undercover Series # 2

Romance
Jugnu - The Firefly

Take 2 - Small Town Girl #1

My Love, A Liar - Small Town Girl #2

Short Stories
Women From Mars : Series Shorts

Temptation

Spark

Hearts & Hots - Series Shorts

Head Over Heels

You and Only You

Silent Love

A Promise is a Promise

Whole Nine Yards

लफ़ंगा

मेहरा ख़ानदान श्रृंखला : बुक #3

लफ़ंगा

तीन बहनों के बीच में अकेला भाई—बहुत प्यार, दुलार और ऐशो-आराम के बीच बड़ा हुआ। बिगाड़ना तो था ही...

देवेंद्र शेरावत के ज़िंदगी में कोई कमी नहीं थी, पैसा, गाड़ी, बिगड़े हुए दोस्त, और आस-पास घूमती हुई लड़कियाँ। सब ठीक चल रहा था लेकिन एक दिन उसकी मुलाक़ात संजना से हो गई।

बातों के बल पर सबकी हवा निकालने में आगे, संजना के लिए जब माँ ने एक दिन झख मारकर कह दिया कि तुम्हें तो वक़ील होना चाहिए, तब से वो देश की सबसे कामयाब लॉयर बनने के सपने देखने लगी थी। इसी मंज़िल की ओर चलते चलते, पता नहीं किस महूरत में शेरावत की फ़ाइल उसके हिस्से में आ गयी।

एक भी हफ़्ता ऐसा नहीं था जब उसे देवेंद्र को किसी ना किसी मुश्किल से निकालना ना पड़ा हो। वो इतनी बिज़ी रहती थी कि उसके बॉस उसे कोई और बड़ा केस देते ही नहीं थे। जब कोर्ट-रूम देखे हुए मुद्दत हो गई तो लगा कि देवेंद्र टाइप के लफ़ंगे का इलाज उसे ख़ुद ही करना पड़ेगा।

क्या संजना उसे सुधार पाएगी?

क्या देवेंद्र सुधरने वालों में से था?

टेक २
नज़रों का खेल
रुचि सिंह